茶水間

탕비실

李美芮——著 林芳如——譯

이미예

目次

0

誰最討人厭？

- □拿公用製冰盒製作可樂或咖啡冰塊的人
- □提倡環保卻將二十幾個保溫杯堆在公用水槽不洗的人
- □把用過的紙杯疊在飲水機旁邊不拿去丟的人
- □抓一大把即溶咖啡隨身包拿回自己座位的人
- □拔掉共用微波爐插頭替藍芽頭戴式耳機充電的人
- □在茶水間喃喃獨語的人
- □在公共冰箱中放好幾個蛋糕盒不帶回家的人
- □天天在洗手台漱口跟打雷一樣大聲的人

想像一下，如果你和這些人共用茶水間，
誰最討人厭？

1

納木維基＊

茶水間

上次修改時間：202X-XX-XX 20:23:02

分類：QBS 綜藝 | 2023 年播放節目 | 2023 年 查看更多

關於多用途空間相關內容，請參考茶水間（準備室）文件。

1. 概要 [編輯]

韓國實境秀節目。2023 年 2 月 10 日至 3 月 17日每週五於 QBS 電視台播出，此為製作人李日權的代表作品。(前身是總共十集的同名紀錄片，因收視率不佳，演出者發生爭議而中途廢止。) 因拍攝氣氛自然，讓人分不清演出者是真實呈現或在上節目而成為熱門話題。以 2023 年 7月為基準，YouTube 頻道熱門影片平均點閱率突破一百萬。意外創下最高點閱率的影片內容為演出者吃午餐的畫面，被選為適合一個人邊吃飯邊看的影片。

＊譯註： Namu Wiki 為韓國本土的維基百科。

製作人李日權打從學生時期就對紀錄片深深著迷。他將紀錄片的功能分成兩種。一種是傳達遠離社會的原始自然面貌或是另類的一面。另一種是毫不掩飾地完整呈現在我們身邊發生卻難以察覺，或看了不舒服想逃避的現實。英國導演約翰·葛里爾遜（John Grierson）的作品便以後者聞名，而李日權十分敬佩他。

李日權的出道作品是紀錄片《茶水間》，整部片總共十集。他深入實際存在的公司或團體機構的茶水間，長期觀察並拍攝他人的一舉一動。在看似風平浪靜的茶水間表面下，波濤洶湧的人性百態被鏡頭一一捕捉，其本身就足以構成一個故事。

這部紀錄片呈現了人們聚在茶水間角落聊那些讓人忍不住豎起耳朵仔細聽的祕密時，愛湊熱鬧的人在旁偷聽的顯眼舉動。還播出了無所事事的員工在上班時間進出茶水間打發時間的平均次數，或是下午兩點左右去茶水間的人最常自言自語說什麼。答案是，「好想回家」和「唉，要死了」壓倒性地多，前者經常在銀行、公家機關和醫院的茶水間聽到，後者則是在以貿易和業務為主的公司。這樣的觀察結果在上班族常用的網路社群引發熱烈討論。

但是紀錄片才播到第二集就出問題了。某個工作資歷七年的女性上班族在茶水間和同事聊天，聽到新人的年薪和自己相差無幾後，當場連泡三杯 Maxim 即溶咖啡來喝，還把剩下的即溶咖啡隨身包全部塞到口袋裡，塞得鼓鼓的，之後轉身離開。這個片段一刀未剪播了出來。身為觀眾的我非常喜歡這一幕，就是那名女員工感到羞恥，忍不住往自己口袋塞滿東西的那瞬間。

但是紀錄片版《茶水間》最終因為這件事而以失敗收場。女員工偷拿公用備品的截圖畫面在網路上瘋傳，批評聲浪愈演愈烈。紀錄片本身雖然取得了拍攝許可，卻也有人反映製作團隊不該窮追不捨，惡劣地把焦點放在個人行為上，這儼然和偷拍整人節目沒兩樣。雖然大肆抨擊、批評最烈的人，並不是像我這種忠實觀眾，而是沒有從頭到尾看過節目的人。但是製作人想到無數個原本想直球面對指責，最後卻一蹶不振的前車之鑑，便毫不留戀地將呈現方式改成同名實境秀。

當初紀錄片籌備加拍攝花費了好幾個月的時間，但李日權緊接著於出事隔年錄製的同名實境秀，僅僅只用一個禮拜就完成拍攝作業，而且《茶水間》也成為了他的代表作品。

我是該實境秀的參加者，在節目中的綽號是——

「冰塊」。

2

二〇二二年十二月第一週的星期日，我記得那天的冬雨之中夾雜著冰霰。包含我在內的演出者為了進行實境秀《茶水間》的首次拍攝，要在首爾的某棟大樓集合。不曉得是因為大樓附近路邊攤飄來的韓式雞蛋糕香味太香，還是因為緊張到什麼東西都沒吃，我忽然感到一陣飢餓。疲憊無力的我拖著大概有三十公斤重的行李箱來到大樓。

我只見過李日權製作人一次，那是在拍攝日的一個月前。當天，我好像在見到他之前也是肚子很餓。我很喜歡他拍的紀錄片，也萬萬沒想到他會聯絡我參加節目，所以我緊張到沒有心情吃早餐。

李日權是個毫不遲疑透過語言來實現目的的人。他不接受人們的申請，而是親自挑選素人參加節目，還希望盡量能找到普通的上班族，而我在不知情的情況下獲得了同事的推薦。實在不知道同事是因為我的哪一點而推薦了我，不過我還是問了關於實境秀的具體概念等種種問題，但製作人說為了確保節目順利進行，不能在拍攝前告訴我，只透露了是一種以茶水間為背景的狼人殺遊戲。

製作人看我參加意願不高，因此提出破格的建議，說我可以等首次拍攝大家都在的場合聽完說明之後，再決定是否出演。他接著補充說明，規則非常簡單，會是一場追蹤演出者之間心理變化的遊戲，而且他們會做好準備，拍攝期間只有一週，甚至在這段期間內也絲毫不會影響演出者平常的工作。

當我表明自己是紀錄片版《茶水間》的粉絲時，製作人非常高興，但又難掩苦澀的表情。他一口接著一口啜飲咖啡，接著對我說：

「到了首次拍攝的時候，你可能會有點吃驚。」

一來到位於大樓十九樓會議室的拍攝地點，我立刻明白他說我會吃驚是什麼意思了。參與演出者包含我在內的四男四女，共八人。其中一個是我在紀錄片中看過的女人。就是那位聽到新人年薪和自己差不多，胡亂抓一把即溶咖啡隨身包塞到口袋裡的女人。

她坐在角落，姿態僵硬，一臉不滿掃視安裝在各個角落的鏡頭。我瞬間和她對到眼，立刻自顧自地露出開心傻氣的微笑，卻慘遭對方無視。

這一切又有什麼意義呢？現在仔細想想「到了首次拍攝的時候，你可能會有點吃驚」這句話，製作人說得還真是冷漠又不友善到極點。但是跟製作團隊給我們八人看了資料畫面之後所感受到的比起來，我先前受到的驚嚇簡直微不足道。

誰最討人厭？

□拿公用製冰盒製作可樂或咖啡**冰塊**的人

□提倡環保卻將二十幾個**保溫杯**堆在公用水槽不洗的人

□把用過的**紙杯**疊在飲水機旁邊不拿去丟的人

□抓一把受歡迎的**即溶咖啡**隨身包拿回自己座位的人

□拔掉共用微波爐插頭替藍芽**頭戴式耳機**充電的人

□在茶水間喃喃**獨語**的人

□在公共冰箱中放好幾個**蛋糕**盒不帶回家的人

□天天在洗手台漱口**跟打雷一樣大聲的人**

想像看看如果你和這些人共用茶水間，

誰最討人厭？

選項一共八個，在場的演出者也是八個。

我連續看了五遍資料畫面中羅列的選項，才意識到第一行「拿公用製冰盒製作可樂或咖啡冰塊的人」指的就是我。大家都是初次見面，羞於見人的那一面卻這樣直接曝光出來，所有人臉色變得陰沉許多。在紀錄片出現過的那個女人本來靠在椅子上，現在她坐直身體，表情更加難看了。

所有人的臉色從原本的富饒興致變成倉皇失措，大家意識到資料畫面所代表的意義後產生的羞恥感，全都被拍下來了。我後來才知道正是這個瞬間，為平淡的第一集收視率曲線製造了第一次的小高峰。

「各位請注意！」

製作人李日權旁邊的編劇主筆有著一張稚嫩的臉，她開朗地說：

「事前提供的說明很少對吧？但我相信各位可以理解基於遊戲的特殊性，我們沒辦法預先透露太多。我們一個月前走訪全國各地，悄悄進行了問卷調查。為了不被你們發現，我們可是煞費苦心。」

她若無其事地說，彷彿沒看到演出者的表情。

「萬眾矚目的問卷調查第一名是『獨語』，在一萬兩千九百八十六張有效票中總共獲得了三千兩百一十票！」

剛剛遭到突襲的我一時陷入靜止，看到編劇以真摯的語氣恭喜獨語，我內心湧出一股不舒服的情緒。

「作為福利，我們將提供一張遊戲需要的提示兌換券給奪得第一的獨語。前提當然是獨語確定要參加錄製。這間會議室的樓上準備了遊戲所需要的攝影棚，以及你們的宿舍。你們今天將在這裡休息一晚，最遲必須在明天早上做出決定是否參加。如果獨語選擇放棄，那這項福利將會讓給問卷調查的第二名。」

「不好意思，妳一直提到的獨語，究竟是在說誰啊？」

坐在離編劇最近，戴著藍色毛帽的女參加者問。

「說到這個，雖然有點遺憾……但你們的真實姓名不會在節目上公開。難得你們能上電視節目，卻很可惜無法公開。但是對身為普通上班族的你們來說，隱私是最重要的，不是嗎？所以在節目中只會以綽號來稱呼你們，綽號是參考這些針對你們的描述而取的。看到這個了吧？

『在茶水間喃喃獨語的人』。」

編劇邊說，邊指著資料畫面的中間。

「所以我才會用『獨語』指稱第一名。」

此時，坐在我對面，看起來憨厚老實的男子身體左搖右晃，喃喃自語起來。

「哇，天啊，真沒想到。原來我是第一名。那這裡有冰塊，有保溫杯，有紙杯……啊，還有即溶咖啡、即溶咖啡。」

我發現被稱為「獨語」的男子提到「即溶咖啡」的時候，在紀錄片出現的女子微微抖了一下身子。如我所料，她應該就是「即溶咖啡」。

我重新看了一遍資料畫面，發現我的名字是「冰塊」。

「沒錯，獨語。現在大家都懂了吧？」

編劇用雙手的大拇指和食指誇張地打響指，集中大家的注意力。

「那現在來說明遊戲內容。你們之中，只有一個人是故意為了這個節目而創造的角色。方便起見，就稱呼『鬼』吧。之後會提供的情報裡，關於『鬼』的資訊全部都是編出來的。你們要在一個禮拜內互相觀察，比對獲得的提示來查出誰是『鬼』。也就是說，為了找到『鬼』，你們需要提示對吧？但是『鬼』以外的所有人要妨礙彼此。因為答對者愈少，獎金就愈多！還有，萬一沒人猜到誰是『鬼』，那麼『鬼』就可以帶走兩倍的獎金。」

她滔滔不絕說明的時候，我的腦海浮現大學團康活動最後一次玩的狼人殺遊戲。如果把現在提到的「鬼」視為狼人，我覺得這個遊戲我可以玩得很好。因為我總能捕捉到所有人低下頭之後，第一次抬起頭來的那個瞬間，被指定為狼人的朋友所露出的表情。那種人的表情會莫名帶著一股興奮期待感——是當上可以左右遊戲的重要人物，一臉得意洋洋的樣子——以及其中夾雜隨之而來的壓力。

但我沒意識到的是，不希望為人所知的我的那一面被公開時，我努力佯裝鎮定的表情跟他們非常像。那一刻，包含我在內的八個人不知不覺露出了同樣的表情。

製作人不願接受申請，而是親自挑選參加者的理由，還有他說同事推薦我的那句話所代表的含義，彷彿烙印般分分秒秒刺痛了我。在場的每個人之所以被選上，就是因為被其他人討厭了。不過，只有一個人，只有鬼是例外。

「好，那現在去樓上看看之後的主舞台——茶水間吧？你們帶來的行李放著就可以了，我們會搬上去。」

編劇主筆爽朗地說，彷彿什麼問題也沒有。

3

會議室的樓上整個裝修成攝影棚。我們不過才爬了一層樓，卻有種來到其他空間的錯覺。跟在編劇後面走的時候，走廊上的地毯散發出濃濃的新布料氣味。

走廊兩側總共有八個房間。房間很大的樣子，門與門的間隔相當寬。剩餘的牆面貼滿各種食品公司的新產品廣告海報，看起來應該是節目的贊助廠商。我經過其中一張海報，知名搞笑藝人把鼻子埋進分成一半的菜包子裡，神情十分陶醉。我瞄了一眼那張海報旁邊掛有「冰塊」門牌的房間。

走在我前面的是紀錄片中那個女的，她在掛了「即溶咖啡」門牌的房門前探頭探腦，於是編劇主筆加快步伐。

「等逛完茶水間之後，你們就會回到各自的房間。現在請先略過，繼續往前走吧。」

一下子變溫暖的室內空氣讓穿著毛衣的我覺得身體發起癢來。我抓了抓胸口，脫下尼龍外套拿在手上，緊跟在編劇後面。

走廊盡頭的拉門上寫著茶水間，編劇往右把拉門推到底，四坪左右的室內空間出現在眼前。就茶水間而言，這個空間十分寬敞，裡面散發出和走廊不同的氣味，彷彿剛剛才有人在這裡泡過茶，瀰漫著熟悉的香氣，有點類似麥茶，又有點像精心烘焙的咖啡豆。

預備參加演出的人員走進茶水間裡面時，大家都小心翼翼不要碰到彼此。喀噠一聲，某人按下牆上的開關，天花板上的水滴狀吊燈瞬間亮起來。

茶水間裡有高功率微波爐、小型烤麵包機、狹窄但簡約便利的流理台、我很想要的象牙色可愛冰箱、飲水機，以及三個沒有蓋子的格狀收納盒，擺滿一排排的各類零食與軟糖。其中還有加錢也買不到的黃豆粉魁蒿年糕口味的新款零食。看到分成茶包和茶葉的茶類區、擺放井然有序的即溶咖啡隨身包區域，我不禁小小聲地驚嘆出來。茶葉是知名英國品牌旗下的產品，價格昂貴，所以不可能在公司看到。即溶咖啡隨身包種類繁多，從大眾口味的即溶咖啡到無糖蛋白拿鐵這類實驗性即溶咖啡都有。

最棒的是，除了使用方便的膠囊咖啡機，這裡甚至還有知名的義大利摩卡壺和昂貴的濃縮咖啡機。大大的銀色濃縮咖啡機存在感尤為強烈，光有這一台就讓人對這個空間的滿意度大增。

演出者雖然全都默不作聲，但其實大家心裡都很興奮。精心打扮的男子開開關關小巧麵包烤箱的門，像來到旅遊住處一樣仔細觀察各個角落。他在會議室的時候就每分鐘用關掉的手機螢幕照一次臉。我尷尬地看向他右耳後方的那團乳白色髮蠟，本想藉這個機會親切地先問他的綽號，最後想想還是作罷。反正到了明天早上，有些人應該會主動打包行李離開。那個人說不定就是我。

「好了，遊戲開始之後再探索吧。」

編劇說，同時拉了一下精心打扮的男子手肘。他正把整個烤麵包機拿起來觀察底部，似乎覺得可以找到製作團隊藏起來的提示紙條。

「你們只有在茶水間碰到的時候，才可以和其他參加者交流。剛才經過走廊的時候，都看到你們的房間了吧？裡面有個人辦公室、寢室和一間小浴室。雖然禁止外出，但房間有窗戶，所以應該不至於太悶。你們可以像平常一樣工作，等到想去茶水間的時候再去就行了。如同字面上的意思，請按照平常那樣去做。」

編劇一邊說，一邊留意精心打扮的男子是否又分心。

「重點是，一天只能在茶水間待一百分鐘。」

她說完之後，靜靜等著有沒有人要在這個時候發問。製冰機自動製造的冰塊碰撞聲在一片寂靜中顯得格外吵雜。

「如果沒有其他想知道的事，就去各自的房間吧？我們會給你們時間考慮要不要參加遊戲。」

大家留在原地，誰也不敢輕易開口。掛在我手臂上的尼龍外套老是滑落，以致此時只有我把外套往上拉所發出的窸窣聲。

「剛才妳說想找出鬼的話，需要提示。那我們要怎麼獲得提示？」

第一個提出與遊戲相關有意義問題的人，是一直保持沉默的濃眉女子。濃密的黑眉毛讓她的黑眼珠顯得有些模糊不清。

「是的。準確來說，你們要做出特定的行為來獲得提示兌換券，再使用那張兌換券去選擇要獲得哪位演出者的相關提示。」

「所以說，到底要怎麼獲得那個提示兌換券啊？」

她不耐煩地皺著眉頭問，眉毛隨著額頭肌肉起起伏伏。

「你們要打破規則。」

編劇加強語氣說。

「可是妳沒告訴我們規則是什麼啊。」

「請各位從現在開始好好思考，因為遊戲便是從此刻開始。」

編劇往前走一步，好像不想再接受提問。

「好，注意事項請參考放在房間裡的這份說明書。」

編劇從懷裡拿出一張黑色的紙，接著動作很自然地把我們所有人趕到茶水間外面。

「那麼，請在明天天亮之前決定是否要參加？如果有五個人以上留下來，遊戲將繼續進行。」

編劇背對茶水間，攤開五根手指頭大聲說。

她一說完，八名工作人員分別從八間單人房同時開門走出來。

「冰塊？請到這邊。」

年輕的男工作人員站在離茶水間最遠的房門前面，朝我揮揮手。

「啊，好。」

我嚇了一跳，沒想到自己居然這麼快就適應被叫成冰塊這件事。

八名演出候選人全都隨著呼喚自己的聲音，四散而去。被安排在我隔壁房間的是紀錄片女，也就是「即溶咖啡」，已經消失於房間之中了。

「我們已與貴公司進行協調，確保您能在有限的範圍內繼續處理原有的工作。您可以先在跟辦公空間相連的房間裡梳洗休息。」

工作人員退到一旁，讓我進入房間。

「如果您決定要參加，請在這個信封裡面的演出者切結書上簽名，並於明天早上繳交。」

工作人員遞給我一個大信封。

「如果您想要退出，就請在天亮之前收拾好行李，出來房間外面。我們會持續關注您的動靜，並協助您安靜退出遊戲。那麼，今天就先說明到這裡，請您好好休息吧。」

工作人員照本宣科說完之後，輕手輕腳關上門離開。

我看著房間內部，陷入錯覺，彷彿剛剛有個巨人用手指把我夾起來丟到我上班的公司裡。這裡除了有我在公司使用的電腦、滑鼠和鍵盤，我放在桌上養的石筆虎尾蘭小盆栽也搬進來在等著我。我被製作團隊的縝密周到嚇得目瞪口呆。他們甚至把我寫了廠商電話的便利貼撕下來，貼在一模一樣的位置上。我後來才發現，我坐著按電腦開關的姿勢、手伸向鍵盤的角度、為了打開最底層抽屜而彎腰的程度都布置得絲毫不差。當我意識到這一點的時候，其實有點起雞皮疙瘩，感到很不舒服。

我將放了切結書的信封隨意丟到書桌上，站在橫向長窗盡頭的推門前面。窗外的公園空蕩蕩的。除了可以在路燈周圍捕捉到的圓圓冰霰，寂靜的風景全然靜止不動。我往右邊輕輕推開拉門，看見只準備了必需品的寢室和簡易浴室。他們沒辦法把我家臥室原封不動搬過來，這讓我鬆了一大口氣。

留在樓下的行李箱已經放在床邊了。我隨便把鞋子脫了，穿著毛衣躺到床上，乾燥的空氣使毛絮飛揚。終於可以避開他人的目光，獨自躺在床上，之前壓抑的情緒隨即一湧而上。

我最先想到的是公司的人。我不過只是用製冰盒製作可樂或咖啡冰塊，就因此向節目組推薦我，這麼做很好玩嗎？他們都沒想過我知道之後，往後和我之間的關係會變得尷尬嗎？我下定決心就這樣睡到天亮，然後盡快逃離這個地方。

我一點也不想到處跟別人宣傳公司的人討厭我。萬一被我的家人看到？萬一新認識的人對我產生成見？我想像陌生人對我指指點點說，「這人就是因為那樣才會被大家討厭」。我覺得有點難過，但很快又因為可惡的同事，一股憤怒湧上心頭。尤其是A同事和B同事。

A同事用微波爐熱沾滿醬汁的雞胸肉，噴濺出來的醬汁也不擦乾淨（我還看到他加熱雞胸肉的時候，趴在地上做伏地挺身）。B同事負責補充茶水間的零食，他都只買自己喜歡的零食來放。我思來想去，和他們兩個比起來，我到底犯了什麼滔天大罪？更誇張的是，茶水間零食本來就應該準備不同口感的單包裝零食，一種鬆軟，一種酥脆，像是鮮奶油夾心巧克力派和卡士達派、餅乾和洋芋片或薯條類的零食，但B同事總是買捏碎麵或點心麵那種整間辦公室都可以聽到你吃東西聲音，還會弄髒手指的零食。而且大部分都被嘴饞的B同事本人吃光了，這些事我在旁邊都看得清清楚楚。

他們也不想想自己做過什麼事，還對我的行為產生誤解，向製作人告密？而愚昧的製作人在一無所知的情況下，竟然跳過那些真正的大壞蛋而選中了我，就只因為我製作了可樂冰塊？

我實在睡不著，索性爬下床，並且很自然地順手拿起看都沒看就丟到一邊的遊戲說明書和演出者切結書。切結書的內容很常見，像是禁止在參加期間內使用社群平台、禁止非必要的私人聯絡、節目播出前保密等等……我放下切結書，開始閱讀遊戲說明書。遊戲規則比想像中簡單得多。

遊戲期間，

各位平常在公司做的工作可照常進行。

工作時間為上午九點至下午六點。

想去茶水間的時候，可自由前往。

不過，單日的滯留時間上限為一百分鐘。

您在遊戲中的目標只有一個，

就是您必須找出藏在演出者之中的「鬼」。

鬼來到這裡並未獲得同事的「推薦」。

關於鬼的所有提示皆為

本節目捏造的假情報。

參加者必須自行觀察，對照提示
找出誰是鬼，也就是誰是那個虛構的角色。
遊戲所需的提示兌換券，獲得方法為：「打破規則」。
獲得提示兌換券後，
您可以用來選擇得知其中一名演出者的相關提示。
提示將放在門口的木箱……

讀到這裡我猛然站起來，因為直到剛才我都沒注意到木箱之類的東西。我打開房門，往走廊探頭。八道房門前不知不覺掛上了製作團隊安裝的搖搖晃晃的木箱。箱子上有一個門可以開關，我拉開喀嗒作響的小門閂打開木箱，裡面只放了一對孤零零的黃銅鑰匙與鎖頭。

我下意識用手指敲敲箱子，拿起鑰匙和鎖頭鎖住提示箱。我再次回到床上，開始慢慢將規則記到腦海裡。

獲得提示兌換券後，

您可以用來選擇得知其中一名演出者的相關提示。

提示將放在門口的木箱。

但是，若想獲得關於自己的提示，則需要兩張兌換券。

我的視線停在字型大小比其他文字更小的最後一句上。剛才看的時候覺得這條規則不是很起眼。只有我本人知道自己不是鬼，所以關於我自己的提示其實是很多餘的情報，但我還是想知道提示的內容。比起獎金或冠軍，我現在非常渴望打開自己的提示來看。那個提示應該是根據討厭我的同事提供的證詞而寫成。不論是確認人事考核的前一刻、打開老師寫的學習表現評量表之前，或是看滿是匿名留言的來信當下，我現在的好奇心比起那些時刻都要更加強烈。

這一天晚上，比起找出鬼什麼的，我的心完全被想看到關於自己的提示那股強烈渴望大大占據。一想到要是自願放棄的話，什麼也查不到反而更吃虧，我的腦袋一下子清醒過來。

4

昨晚明明整理好思緒了，但隔天天快亮的時候，我很早就醒來，又開始認真考慮要不要乾脆回家算了。可是只要想到我這麼一無所知地回到公司，又不願意為這事而跟同事起無意義的爭執，只能裝沒事尷尬地坐在自己位置上，我就覺得不能這樣傻傻離開。

我拿出信封中的切結書，開始一項項仔細審視遊戲獎金和演出費。假設找到鬼的話，扣除所得稅之後最低能拿到約三千萬左右韓元的獎金。假如我夠幸運，是靠自己獨自找到鬼的話，可以帶走一億多韓元的獎金。經過這麼一算，我的參加意願自然就跟著可能到手的金額提高了。雖然金額沒有高到能讓我的意願從零激升到百分之百，但也至少超過百分之五十了。

在所有文件上簽完名後，我吃掉製作團隊一大早拿來的熱騰騰麵包和玉米濃湯（上面寫了要把商標對外，清楚露出來，所以我敢肯定這是贊助），心情稍微平復了一些。吃早餐的時候，個人房間內的喇叭一直播著舒曼的《夢幻曲》。

遊戲開始的星期一早上，離九點還有十分鐘，最終演出者確定有五個人，是包含我在內的三男兩女。至於表明放棄的其餘三人則在神不知鬼不覺間就消失了。

我們按照製作團隊的要求，走到房門口遞交仔細簽署的合約書和切結書後，拿到了一支節目專用的智慧型手機，裡面安裝了遊戲需要用到的應用程式，然後等待遊戲開始前的最後說明。

「真的好厲害。他們是怎麼完美重現辦公室的啊？你們的房間也是那樣嗎？」

站在我房間對角線盡頭那個房間門口的男人說，他穿著褲腳剪裁華麗的牛仔褲。對，就是昨天那個精心打扮的男人。大家站在房門口，現在門牌上的錄影用綽號指的是誰完全一目了然。他歪斜地靠在「保溫杯」房門口，可能昨晚擦上了厚厚的保濕霜才睡，現在他那張淨白的臉經走廊燈光一照射顯得更加光滑。

「對了，我們還沒有自我介紹。請多多關照，我是『保溫杯』。不能公開真正的名字，好可惜喔。」

「一個禮拜之後就會知道了吧。」

住在保溫杯隔壁的女子靠在門上懶洋洋地說。是那個濃眉女。

「我在這裡叫做『蛋糕』，我很滿意這個新名字。」

她輕輕挑眉，說話語氣嬌滴滴的。雖是早上剛起床的素顏樣子，但她的濃密棕色眉毛很顯眼，看來不是靠化妝畫出來的。她身材纖瘦，長得一副甜食碰都不碰的樣子，跟蛋糕這個新名字很不搭。

從房間的安排來看，下一個要自我介紹的人是蛋糕對面的獨語，但他看起來對這個情況漠不關心。昨天光榮奪得「討厭鬼」投票第一名的獨語把吃乾淨的早餐碗盤疊起來交給工作人員，方便他們收拾。不知道他是不是一大早在房間裡做了徒手體操，他的臉很紅。

「早餐很好吃。可是，雖然我喜歡牛奶吐司，但也愛吃玉米口味的吐司。如果還要求吃到栗子吐司的話，就太貪心了，對吧？」

他拍掉嘴巴下面沾到的麵包屑。麵包屑一被拍掉，他下巴底下的那顆痣又更顯眼了。

「您的意見我們會列入參考的，獨語。」

專責工作人員露出尷尬的微笑。

「是說，房間裡面的濕度只有百分之二十耶……」

「什麼？」

「不曉得你們知不知道。雖然我比較不喜歡潮濕的環境，但我還是希望濕度能維持在百分之四十五左右。」

獨語說，彷彿在喃喃自語。他這麼講的時候，幾乎不敢看工作人員的眼睛。

「呃……需要拿一台加濕器給您嗎？」

「真的可以嗎？那我從今天起就不用掛著濕毛巾啦。」

獨語把雙手伸到身體前面，高興地輕輕拍手。

觀察他的過程中，我注意到他身上流露一種很自然的感覺。根據我從昨天開始觀察大家的結果，他是我們之中唯一一個不在意上節目穿什麼的人，他應該沒有為了上節目添購新衣服。他的衣服看起來都很貼身舒適。相反地，我和其他演出者的衣服有種新衣服特有的挺度。

尤其是即溶咖啡小姐，她的休閒西裝褲就跟剛削下來的木屑一樣白，深咖啡色襯衫則是毫無一絲皺褶。

「也給我一台加濕器吧。這算是先搶先贏嗎？」

我覺得她的衣服配色就好像即溶咖啡包上層層堆疊的咖啡和奶精一樣，所以我下意識笑了一下。她看了我一眼，用充滿防備的語氣對工作人員說：「是我先說的，就算沒辦法提供給其他房間，也必須要給我一台。」

這麼說的她表情異常地懇切。

我發現即溶咖啡根本不打算自我介紹，於是開口說：「我是冰塊，接下來一個禮拜請多多關照。」

我知道自己面無表情的時候會嘴角下垂，看起來很嚴肅。我的表情本來就絲毫沒有圓滑可親的感覺，十分冷漠，所以我努力露出笑容，想給人留下溫和的印象。

「嗯，好。雖然某幾個人無聊死了，但應該還是會很有趣。」

保溫杯擺出做東道主的架子來。

「其實我本來想離開這裡，行李都收拾好了，但是從房間出來的前一刻，忽然有個想法閃過我的腦海！所有成功人士一生中必定會經歷考驗。我明白到，對於會以環保人士身分揚名國際的我而言，這個節目正是獨一無二的考驗！」保溫杯說。

「冰塊你覺得呢？就這樣播出去也沒關係嗎？」蛋糕問。

我覺得她的提問含有深意。遊戲早就開始了，光憑這個問題，她就能從中猜出各種關於我的事。既然如此，看起來我也沒必要老實回答。而且如果可以讓她誤以為我是鬼，那就再好不過，我說不定能夠將這場遊戲巧妙地導向對我有利的局面。

「扮演鬼的人是大騙子，在被人討厭而來到這裡的人之間撒謊。這多有意思啊？而且居然還可以獲得獎金。鬼是唯一沒有損失的人，我很想抓到他，獲得獎金。」

我一邊說，一邊故意露出更加毅然決然的表情，但其他演出者的目光早就不在我身上了。他們正盯著發出噪音，往我們所在的樓層移動的電梯。

緊接著，電梯發出叮一聲，停在演出者所在的樓層。電梯門打開，出現的是製作人李日權。他並沒有帶加濕器過來，我對面的獨語看起來很是失望。

「好，從現在起，週一到週五，你們要像平常工作那樣度過普通的平日，並找出鬼來。就像昨天說過的，我們已經提供一張提示兌換券給在問卷調查中獲得第一名的獨語了。你可以回到個人房間確認一下。」

製作人說並指著獨語，他那張漲紅的臉又變得更紅了。

「其他人也要加油。你們應該已經知道了，要是『打破規則』的話，就可以獲得提示兌換券。獨語還想獲得額外提示的話，當然也要思考應該打破什麼規則。」

「就這樣嗎？不知道辦法的話，只會白白浪費時間，毫無任何進展吧？你們準備了這麼多，應該不是想拍我們在房間敲鍵盤，到茶水間吃零食的樣子吧？」

保溫杯張開手臂，環顧四周，大聲誇張地說。

「當然不是。不過，我希望你們把尋找答案的過程，當作遊戲的一環。這也是觀察其他演出者的好機會。」

「所以我們現在只能先傻傻地看其他人都做了什麼，是這個意思嗎？但萬一都沒有任何一個人獲得提示呢？」即溶咖啡問。

「你們應該可以拿到提示。」

製作人的回答，在我聽來意味深長。

「真是讓人頭痛。」保溫杯壓低了聲音說。

「那從現在起，安裝在你們所有動線上的攝影機將會取代我們製作團隊。祝你們度過和平常一樣但有趣的一天。」

製作人搭電梯離開後，走廊上再次剩下輕柔的音樂和我們五個人。現在播的音樂跟吃早餐時聽到的版本不一樣，這次是改編成小提琴曲的《夢幻曲》。安穩的旋律沖淡了不安的氣氛，多餘的情感漸漸消散。

時鐘指向上午九點的瞬間，只有獨語回到個人房間工作，其餘四人走向茶水間。與其一個人煩惱，還不如跟著別人做來獲得提示，看來大家都打算這麼做。

仔細一看，茶水間比昨天匆匆看過一眼的印象更考究、更貼近現實，而且很符合演出者的特徵。冷凍櫃有裝滿可樂冰塊的製冰盒，冷藏櫃有一個黃色大蛋糕，上面寫了「蛋糕的蛋糕，請勿拿走！」。

寫了我們五人綽號的茶水間清潔紀錄表也用磁鐵貼在冰箱上。可以按日打掃後在各個項目上標示○、×。保溫杯一看到那張紀錄表，就拿下來對著日光燈照射細看，一副非要找出其中隱藏訊息的架式。但是結果不如人意，於是他開始找身上有打火機的人。他應該是想用打火機把紙燻黑，看能不能找到隱藏的文字。幸好沒人有打火機，他很快就失去興趣，若無其事地把紀錄表貼回去。

另一方面，獨語在個人房間待了一會後，也過來茶水間拿冰箱裡的能量飲料，並拿走每天可以吃一包的堅果。五個人都在茶水間，好像讓他感到很不自在。

「人口密度太高了，真不舒服……」

獨語喘著氣喃喃自語，好像真的缺氧一樣。雖然沒人看他，但他自言自語的聲音很大，叨叨絮絮，彷彿故意要讓大家聽到似的。

「那樣的行為也有可能都是演出來的。」

獨語一離開茶水間，即溶咖啡就對我這麼說。

正如她所說的，我也覺得問卷調查賦予我們的角色相當明顯的特徵，讓人演起來更輕鬆。不過，我猜製作團隊沒有找專業的演員來扮鬼。畢竟就算我們之中沒人認出來，要是播映後被節目觀眾認出來，那在第一集就會破哏了，所以他們很可能找了普通上班族來扮鬼。正因如此，鬼會更努力忠實地詮釋他被賦予的角色特性。

「我從西雅圖星巴克創始店買回來的這個保溫杯，也有一段令人難忘的回憶。當時我遇到了很多提倡環保活動的朋友。」

保溫杯將自己帶來的保溫杯擺在洗手台上。尺寸和外觀五花八門，總共有十五個。他每次開口的時候，跟白皙皮膚形成對比的黃色門牙就會隱約閃現。

「專注在大事上的人，才不會在意這種小事吧。」

保溫杯說，指出藏在各個角落的鏡頭。

「圖謀大事的人總是招人妒忌，不是嗎？我覺得我來到這裡，也是出於同樣的原因。」

我也覺得跑到西雅圖買保溫杯回來收藏，的確是大事一件。

保溫杯假裝跟我和即溶咖啡聊天，其實他更在意到冰箱附近徘徊的蛋糕。蛋糕拿出冰箱裡的蛋糕包裝盒，仔細看了一看又放回去。

「妳放的是生日那天收到的蛋糕嗎？」

我記得她的問卷調查選項描述是「在公共冰箱中放好幾個蛋糕盒不帶回家的人」，於是問她。

「不是那樣。也不一定是生日那天才會收到……我都說覺得有壓力了，周圍的人還是常常……上班的時候突然拿給我，所以公司裡才會愈堆愈多。明明知道會給我造成麻煩還是照送不誤。」

蛋糕的濃眉往下垂，一臉為難地說。

「意思是妳周圍的男人狂送妳禮物嗎？」

保溫杯插嘴道。

「哎呀，沒有你說的那麼誇張。」

蛋糕揮揮手。

「當然不至於那樣，我的意思是，不就是塊蛋糕嗎？換作是我的話……」

保溫杯乾咳一下。

「換作是我的話，會更用心一點。」

我津津有味地觀察保溫杯。他自稱環保人士，口吻自信過頭，甚至有點傲慢。他從早上開始就用同一種語調說話。我覺得一個人的特性愈扁平，看起來愈是前後一致、整齊劃一，就愈有可能是被塑造出來的角色。

我打開所有大大小小的收納櫃來看，接著又敲敲牆壁，看牆的後面有沒有密室。這個時候，即溶咖啡接近我。她將黑麥麵包放進我旁邊的烤吐司機，一邊假裝烤吐司，一邊跟我搭話。

「嘿，冰塊。」

「嗯？」

雖然我非常高興她主動跟我搭話，但是為了不要表現出來，我的反應不冷不熱。

「如果查到了什麼，我們兩個要不要互相分享？保溫杯和蛋糕好像已經站在同一邊了。」

她用下巴指了指保溫杯。

保溫杯對蛋糕說她有古典美人的眉毛，又說如果側邊的頭髮也綁起來應該會更上鏡，嘴上天花亂墜地誇她，同時悄悄伸出手想摸她的臉。

「好像是這樣。」

我對即溶咖啡說的話表示贊同。

「那如果你查到什麼，一定要跟我分享。不過，我們最好不要走得太近。」

即溶咖啡說完這句話，等蛋糕一離開茶水間，她就走到保溫杯旁邊。

「怎麼樣？在你眼裡看來，蛋糕是個怎樣的人？」

即溶咖啡問。

「她的臉一看就是不會說謊的面相。」

保溫杯不以為意地回答即溶咖啡。

不知道保溫杯是環保人士，還是會看面相的命理師，但我覺得他要麼有聊幾句就能摸透一個人的天賦，要麼天生就是會無條件相信他人。

我清楚看見即溶咖啡背對著保溫杯輕輕搖頭。我想即使是到了遊戲結束的時候，即溶咖啡和保溫杯大概都不可能結盟。

一天限制一百分鐘，根本不夠時間探索。不過，大家停留在表面的對話，對掌握其他人的個性還算有點幫助。人如其名的獨語看起來似乎決定好要一個人進行遊戲，而保溫杯好像覺得在這場遊戲中拉攏蛋糕一人就夠了。

我下午最新的收穫是，即溶咖啡說話做事都很急。她坦言，明明覺得濃縮咖啡機泡的咖啡更好喝，但她沒耐心等萃取濃縮咖啡做好，所以乾脆隨便用飲水機的熱水泡即溶咖啡來喝。

另一方面，大家可能是覺得早上該翻的地方都翻過了，下午則採取盡量把剩下的時間細分化的策略，只趁沒人的時候，迅速集中翻查自己看好的地方。

我做公司工作的時候，也會拉長耳朵注意門外的聲音，確認走廊上的動靜是不是漸漸變小，一有空就去茶水間。我偶然撞見獨語拿抹布擦乾淨亂七八糟灑在濃縮咖啡機周圍的咖啡粉，聽到他嘀嘀咕咕說最討厭粉狀物，但是這對獲得提示毫無幫助。

保溫杯好像又拿起小型電器來看過，它們的位置明顯和一開始放的方向不太一樣，我也拿起來檢查底部，但果然一無所獲。明明知道那種像在玩密室逃脫一樣的解決方法根本沒用，我還是白費力氣趴在地上，想看看冰箱底部，結果被蛋糕看到我趴在那的尷尬姿勢。我這才徹底意識到這麼做超蠢，於是放棄。

第一天就進進出出茶水間二十次，我也漸漸適應這個陌生空間，找回日常的感覺。日復一日養成的工作習慣，影響力真的很大，做著做著就找回居家辦公的感覺了。鏡頭混入其他物品之間，恰到好處，一點也不違和，所以我不像剛開始那般在意鏡頭了。雖然拍攝角度會清楚拍到臉部的時候，我還是會微微側身，露出比較有自信的左臉。

到了第一天工作時間快結束的下午五點，大家一臉疲憊。

雖然我沒吃午餐，但完全不覺得餓。我為了節省待在茶水間的時間，在走廊上徘徊看看有沒有什麼收穫。大家的注意力果然都放在工作和遊戲上，沒吃午餐，後來餓了才各自點東西來吃。我順便掃視了大家放在門外讓製作團隊清理的外送塑膠袋。

「這不可能啊。唉，好啦、好啦，我會回房間。」

我最後看完獨語門口的塑膠袋要站起來的時候，聽到茶水間傳來爭執聲。是即溶咖啡和工作人員。

「超過一百分鐘了。您今天不能再進來了。」

滯留總時間一百分鐘是唯一的遊戲規則，即溶咖啡為了打破這項規則，故意在茶水間熬到第一百零一分鐘，結果被製作團隊拉出去。

「到底要我們怎樣啊？規則只有這一項啊，不是嗎？」

她抱怨道。正如她所說的，製作團隊提到的規則只有這一個。若非如此，我們要打破的規則，應該就不是指遊戲規則。我本來想說，今天結束之前看不出來有誰發現提示的話，那麼第一個發現提示的人很有可能就是鬼。

因為沒人獲得提示的話，看不下去的製作團隊應該會介入，而最容易介入的方法就是利用鬼。但是包含製作人在內的整個團隊好像真的完全沒有插手。我看其他節目都會有跟拍演出者的攝影師，或是中途進行採訪，但他們絲毫沒有任何動作。我今天做的就只有像平常一樣認真工作，甚至為了想要多花點心力在茶水間，比平常還快完成工作。但是到了這個地步，我不禁懷疑這是不是公司籌備的什麼高階工作坊。

製作人為什麼要把我們帶來這裡？他想拍到什麼？我皺眉頭陷入思考，細細咀嚼他說過的話。

我忽然想到製作人說的最後一句話。被問到萬一沒人獲得提示的話怎麼辦時，他說了「你們應該可以拿到提示」，而且莫名強調「你們」這兩個字。其中有什麼涵義嗎？他認定我們一定可以獲得提示兌換券。

那麼，有什麼是我們擅長做的事？有什麼是我們最後會在不知不覺間做出的行為？雖然不是很想承認，但聚集在這裡的不就是一群擅長給人添麻煩的人嗎？

我想起製作人本來的規畫是拍紀錄片。紀錄片導演會盡可能保持情境的真實性。如果他現在也抱持同樣的態度，那麼他盡量避免介入的舉止我也能理解。再加上，如果他想拍攝看了不舒服的畫面，我們就是最適合的人選。這樣的話，我當然要盡情發揮一技之長了。

我立刻走向茶水間。這時手錶指向下午五點五十七分。裡面一個人也沒有。我大力打開緊閉的冰箱門，一股冷氣朝我襲來。正中間放著大大的黃色蛋糕盒。

冰箱裡放了大家各自在個人房間沒吃完的外送食物，看起來比早上雜亂得多。不怎麼大的冰箱空間有一大半都被蛋糕給占據了，冰箱門上還擠滿了各種飲料和外送食物附的醬汁，看著就覺得胸口很悶、很煩躁。我撕掉寫了「蛋糕的蛋糕！請勿拿取」的便利貼，揉成一團。跟寬大的蛋糕外盒比起來，裡面的巧克力蛋糕意外地小，只有巴掌大。我連叉子都懶得找，直接拿附贈的蛋糕刀把蛋糕切成好幾塊放入嘴中。

我平常不太喜歡吃濃郁的巧克力蛋糕，此時吃起來卻有如天堂般的美味。這一刻，我很確定就是這個沒錯。

5

我狼吞虎嚥吃下蛋糕，偷吃了三分鐘。為了向不知道在哪裡觀察我的製作團隊展現我想打破規則的堅定意志，我把蛋糕吃到一口也不剩。然後像渾不知什麼叫禮貌的人一樣，完全沒收拾沾滿奶油的空盒子，隨意一扔就離開了茶水間。這讓我想起小時候有一次，哥哥在情人節收到一盒高級巧克力，我偷偷一塊接著一塊吃，最後把巧克力全部都吃光了，只剩下空盒子，我還把它放回冰箱，懷著罪惡感躲到房間裡，一顆心七上八下的。

一回到房間，果然收到一個金色信封，上面寫著提示兌換券。我猜對了。打破應該在茶水間遵守的潛規則，果然就是答案。我興奮地拆開信封，拿出用厚紙印刷的提示兌換券。

兌換券上畫了代表冰塊、即溶咖啡、保溫杯和蛋糕的圖案，還有特別強調嘴巴，象徵獨語的人形圖案。圖案下方寫了這段文字。

請勾選您想查看提示的演出者圖案。

（若想選擇本人，則需要兩張提示兌換券。）

我本來想說拿到提示兌換券的話，要先看看關於自己的，但現在這個念頭消失得無影無蹤。一想到我是最早發現獲得提示方法的人，就忍不住一陣激動，腦海裡已經在播放我靠壓倒性的遊戲實力，威風奪勝、色彩繽紛的畫面了。反正其他演出者一定會看關於我的提示，我到時候再看節目不就知道了嗎？

我思考了一下後，選擇保溫杯。畫了一個又大又清楚的圓圈，圈住提示兌換券上的保溫杯圖案，接著放到門外的箱子。不到五分鐘就傳來很小聲的叩叩敲門聲。我迅速打開房門走出去，但是門外一個人影也沒有。我怕在走廊上碰到其他人，趕緊把鑰匙插進木箱鎖頭的洞。箱子打開，我放在裡面的提示兌換券消失不見，只有一個扁扁的物體躺在裡面。

那是用黃色鋁箔包裝紙包起來的巧克力棒。我小心翼翼關上房門，回到房間坐下來把巧克力棒翻來覆去，仔細觀察。包裝紙上印了諷刺畫，黑色線條勾勒出保溫杯露出門牙的笑臉。黃色的包裝紙令我想起他的黃色門牙。在臉的旁邊有彎彎扭扭的字體寫著「花生巧克力棒」，馬上給人一種這是道具的強烈印象。

但更特別的是，包裝紙背面印了QR碼，而不是條碼。標示注意事項的字體也比常見的大小大得多，相當顯眼。QR碼下面的銀色句子寫著：

對花生等堅果類過敏的人請小心。

前幾個字覆蓋了一層可以撕開的薄膜，我用指甲刮開蓋住「對花生等堅果類」這幾個字的薄膜，結果注意事項變成了下面這句。

對狹隘思考過敏的人請小心。

沒想到食品注意事項會暗藏提示，但我同時又覺得很有道理。把對演出者的描述寫得很像物品上會出現的注意事項，一定也是為了配合不直呼我們真實姓名的節目概念。

但我不覺得這就是提示的全部內容，未免太少又太模糊不清了。我拆開包裝紙，小心地啃食巧克力棒，期待中間塞了捲起來的紙條。可是除了花生香味濃厚，特別好吃之外，並沒有其他的發現。

就在我要一口吃掉剩下的部分時，印在包裝紙上的QR碼又進入我的眼簾。愚蠢的我這才想起早上拿到的遊戲專用手機。乾淨的主螢幕上只有一個應用程式，我一打開便出現掃QR碼的畫面。我急切地抓好拆包裝紙時弄破的QR碼邊緣，盡可能把鏡頭對準掃描範圍，幸好順利出現連結。

我按下播放鍵，手機突然發出巨大的聲響，嚇了我一跳。我急忙調低音量，將喇叭放到耳邊。錄音檔內容是保溫杯周遭人的證詞。製作團隊要對方說說關於保溫杯的故事，回答者的說話聲經過變聲處理，完全分不出來是男是女。

「那個隨身攜帶超多保溫杯的人啊，我一看到他，就覺得他很像保溫杯。表面非常光滑……看起來感覺是個售價要六萬八千韓元之類的昂貴保溫杯。但老實說，那種保溫杯也沒什麼特殊功能。雖然可以讓水保持一點熱度，但又不是能加熱煮沸。就跟那個人很像啊，實際了解過他的話，會發現他其實沒什麼料。」

作證的那個人輕笑一聲，接著壓低聲音。

「比起這個啊，他的想法就像不知道裝在保溫杯裡幾天的不明液體，蓋子蓋得緊緊的，裡面的液體卻積聚起來慢慢腐敗。他根本不願意改變自己的想法，別人說的話也聽不進去。」

錄音檔播完之後，周圍再次陷入寂靜。從陌生人口中聽到自己不是很熟的人的壞話，令我不寒而慄。保溫杯對這段跟自己有關的描述，能夠接受多少？我聽完這番話，以後還有辦法不帶偏見地對待他嗎？

……還有，其他人又是怎麼說我的？一想到經過變聲處理的聲音說著關於我的事，就一陣頭皮發麻，背脊發涼。我只希望千萬不是我完全沒料到的自己。

我先是吃了巧克力蛋糕，現在又吃巧克力棒，所以有點反胃，我揉著肚子走到窗戶旁邊，看見在嚴寒中用圍巾把眼睛以下部分包得緊緊的人們。看到和這裡不相干的人，內心平靜了一點，心情也逐漸變好了。以目前的氣氛來看，我占有優勢，而且要是提示還剩很多的話，我說不定能看到關於自己的內容。

這天晚上，我高興地反覆琢磨還可以做什麼給人添麻煩或打破規則的行為來獲得其他提示，想著想著很快就入睡了。我也沒設定隔天的鬧鐘，一大早就自動醒來。在這場遊戲中占上風的我感到無比得意。我在上班時間開始之前，看完所有公司寄來的信，就連相關部門丟來的棘手請求也無法破壞我的好心情。我現在覺得周圍放個幾十台攝影機，就和身邊有火災警報器或自動灑水設備一樣自然。

我完成了上午的工作，打算搶先快速把可能獲得提示的角落翻一遍，所以還不到九點二十分就走進茶水間，但保溫瓶和即溶咖啡已經在裡面。保溫瓶開著熱水水龍頭，嘩啦作響，正在洗他那一堆保溫瓶。即溶咖啡站在角落的零食架前面，看起來很忙的樣子。

我正要跟他們兩個說早安的時候，保溫瓶戴著橡膠手套，突然轉向即溶咖啡那邊，厲聲斥責。水從橡膠手套上滴滴答答滑落。

「我本來不想說這種斤斤計較的話，但是夾心餅乾妳都拿幾個了？」

保溫瓶指著即溶咖啡那快要塞爆的褲子口袋說。口袋開口隱約露出餅乾包裝的末端。

「問這麼多幹麼？」

即溶咖啡將餅乾包裝塞到口袋的更深處並反問。

「這裡一個都沒剩耶。蛋糕也喜歡吃這款，妳應該要留一點才對吧，這是大家一起吃的東西。」

保溫瓶質問，於是即溶咖啡的說話聲突然變大。

「沒了的話，節目組會補吧？不都是用節目經費買的，有什麼關係？你看，這個夾心餅乾一盒有一百個，我們來這裡之後才吃不到十個。節目組準備的時候，有可能是一個個買的嗎？當然是買一整盒吧。反正我們不吃的話，全部都會被收走。」

兩人起口角爭執的時候，我默默關上保溫瓶打開的水龍頭。也不知道流了多少熱水，水槽冒起了白煙，裡面至少躺了十幾個保溫瓶。

「除非妳有心理創傷，不然現在都二〇二三年了，誰會需要囤那麼多餅乾啊？妳回家去認真問問看妳爸媽，應該會哭著聽完一段關於夾心餅乾的悲傷故事吧。」

保溫瓶的語氣聽起來彷彿真的很擔心。

「我小時候過得怎樣，我自己最清楚，不用你多管閒事。」

即溶咖啡冷冰冰地回答。

「我覺得妳用不著對我大發脾氣，我不過是勸妳仔細想想小時候是不是發生過什麼事。講這些都是為了妳好，如果我是妳的話，會馬上去看精神科。從環境方面來看，妳那麼做也不好。如果知道這種盲目的消費行為會害地球變成什麼樣子，妳肯定要嚇一大跳的。」

保溫瓶轉身背對即溶咖啡，再次打開水龍頭，清洗水果冰沙專用的保溫瓶。他拿起來的保溫瓶裡面積了番茄渣，瓶口特別大，整個大拳頭伸進去都還綽綽有餘。

「那請跑到西雅圖買保溫瓶的人去檢查一下腦袋，怎麼樣？如果全球碳足跡委員會帶著北極熊來突襲這裡，被北極熊用前爪打後腦杓的人不會是我，而是你吧？」

即溶咖啡一臉不爽說著，同時還像熊舉起前掌一樣抬高雙手。我看著他們兩個，擔心即溶咖啡真會拿玉米罐頭砸他的後腦杓。

「妳又知道我對保護環境做出了多大的貢獻？雖然我很想大講特講三天三夜，但我還是忍住吧。是說，我這次和知名製造廠商合作，製作了保溫杯和露營餐具組，需要傳連結給妳嗎？我們用的材質很好，所以單價貴了點，但一想到可以用三十年左右，這段時間節省下來的一次性用品數量會很驚人的。我一直很想讓大家明白這一點。啊，還有一起賣的專用洗碗精，妳一定要點進去看看。從我ＩＧ上的連結點進去，可以獲得八八折優惠……咦？她走掉了。」

保溫杯話還沒說完，即溶咖啡就轉身離開茶水間了。

我看著即溶咖啡離開茶水間的背影，腦袋瞬間清醒過來。私自囤積零食分明是違反一般茶水間規則的行為。這麼一來，即溶咖啡回到房間就會立刻收到提示了。而且除非她是傻子，不然她應該會就此明白遊戲的規則。我本來還指望自己這一天能好好享受獨占鰲頭的滋味，不，那怕是搶先一個上午也好，但這下子看來是沒希望了。

「你也覺得那種行為不太好，對吧？雖然裝著沒看到的話，我會比較輕鬆。沒錯，是會輕鬆很多。我本來不想說什麼難聽話。但現在就算會播出去，我也忍不住了。她明明知道自己是因為什麼才來到這裡的。我覺得總是要有人像我這樣告訴她實話，對吧？」

我露出不舒服的表情，於是保溫杯那麼問我。我覺得他這個人還真是沒心眼。我們被叫來這裡是為了跟別人說教的嗎？難道他這麼快就忘記我們為什麼會來這裡了？保溫杯好像還沒弄清楚遊戲是怎麼回事，再不然他就是演技跟電影演員一樣精湛的鬼。

即溶咖啡還不知道我已經拿到第一個提示，但我知道她獲得了提示。我以為如果她前天的結盟提議還算數的話，她會跟我分享獲得提示的方法。不對，是至少透露一點線索。但我在茶水間遇過她三次，她卻什麼也沒說。

這天起，我開始討厭她了，但為了找出誰是鬼，我必須對她有更深入的了解。我這輩子從沒想過要去了解我討厭的人。我好像一向都是如此。討厭一個人很容易，但要努力去了解一個人卻相當困難。此時我終於明白，這個遊戲不僅僅是在茶水間進行的胡鬧大賽那麼簡單。

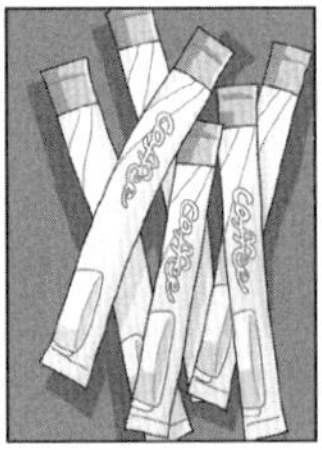

6

寢室靠近建築物外牆，冷風一直灌進來。隨著氣溫驟降，冷颼颼的寒氣也滲透到辦公室裡面來了。只有跟茶水間相連的走廊和茶水間內部才瀰漫著溫暖氣息，所以我常常工作到一半跑去走廊上閒晃，或是有人進去茶水間的話，就跟進去觀察其他演出者的動向。

「之後看到節目的話，真的會覺得很荒謬吧，」保溫杯說。「為了區區一個提示，大家都做了什麼好事。」

他正在和蛋糕竊竊私語，而且兩人沒有互相使用敬語。蛋糕把手指放到嘴巴前噓了一聲，要他別再說了。保溫杯像犯了什麼錯一樣，睜大眼睛東張西望，隨即噗哧一笑。我假裝沒聽到，從烤吐司機拿出兩片剛烤好的吐司。烤焦的吐司邊碎成屑屑。

保溫杯和蛋糕看起來比第一天親近許多，就好似他們兩個獨處過，然後很快就熟起來。他們兩個常常嬉笑打鬧，彷彿在向其他參加者炫耀他們堅定的聯盟關係。我很好奇觀眾會不會也看不慣他們，還是只有我覺得他倆特別礙眼。

我很希望至少可以站在領先地位一天，但是不過才禮拜二下午，所有演出者都獲得提示了。大家特有的焦躁行為消失不見了。我想過即溶咖啡可能以之後交換提示為條件，跟其他人結盟了，但我覺得其他人更有可能是在偶然（就製作人的觀點而言是必然）的情況下找到答案。

我提心吊膽地避開其他演出者的耳目，專注在努力取得更多的提示。我先是拿保溫杯最愛惜的西雅圖星巴克創始店紀念保溫杯裝水來喝，為了保證萬無一失，我還直接對嘴喝，盡可能用嘴把整個瓶口亂碰一通，但老實說這麼做的時候，我得逼自己努力忘掉保溫杯口中黃黃的門牙。

接著我拿出可樂冰塊和咖啡冰塊各裝一半的製冰盒，把所有冰塊倒入流理台。我當然沒有替後面的使用者製作新冰塊。

「你在做什麼？」

辦完事情的我正想趕緊離開現場時，被即溶咖啡叫住。

「我想說會不會有人在這裡，所以過來看看，但沒有半個人影。只是看看而已。」

她突然打開冷凍庫，似乎是在走廊就聽到我倒冰塊的嘩啦聲了。我注意到她稍微踮起腳尖，目光移向製冰盒。

「啊，原來如此。」

我關上拉門走出來，即溶咖啡的哼唱聲從門縫傳過來。我覺得她的哼唱聲像在說「你也是知道了，但沒告訴我，那我們現在扯平了」。我馬上回到房間，看見兩張提示兌換券等著我。我先打開其中一封，毫不猶豫選了即溶咖啡。

保溫杯的提示透過巧克力棒傳達，但這次提示箱裡裝的是瑞士軍刀。外盒上的注意事項寫著**「請存放於兒童拿取不到的地方」**。我刮開覆蓋在文字上的薄膜後，立刻變成**「貴重物品請存放於拿取不到的地方」**。光看這句話，感覺是在說即溶咖啡不僅貪拿公用備品，還有竊盜癖，所以要我多加小心。

接著我掃描QR碼聆聽錄音檔。令人吃驚的是，她的同事和保溫杯一樣，都提到了她的精神缺陷，說她常常囤積公共物品，肯定是因為以前的某種創傷或重大事件導致的。但是從錄音檔中說話者的語氣裡聽不出有一絲一毫的同情，感覺對方只是興致勃勃地想要把故事說得更有趣。

剩下的那張提示兌換券我也用在了即溶咖啡身上。這次放在提示箱裡的也是同一種瑞士軍刀，只有注意事項變了。

刀刃十分鋒利，請小心別受傷。

一撕掉薄膜，注意事項就變成「神經十分敏感，請小心別受傷」。

而語音內容則跟保溫杯的說話態度一樣，說話者聽起來是想深入討論她的缺陷，給出近似於訓誡的建議，結果反而引起即溶咖啡的尖銳反駁。就結果而言，跟我早上所親眼觀察到的即溶咖啡和保溫杯沒什麼不同。我簡直像個笨蛋，甚至可說是白白浪費了兩張提示兌換券。唯一稱得上收穫的是，我看人的眼光和大多數人一樣。

我試圖分辨這是製作團隊假造的錄音檔，還是演出者的同事貨真價實的證詞。我反覆重聽了好幾百次，試圖從變聲處理的聲音中找出我所聽過的製作團隊員工的聲調，但這麼做也查不出個什麼來。

接著來到星期三，我完全陷入膠著狀態。利用製作團隊在茶水間準備的道具來獲得提示的點子很快就枯竭了，其他演出者的情況好像也一樣。我們需要截然不同的創意，跳脫各自擅長的領域，想出更多新奇的干擾行為。

關鍵在於如果是在類似或相同範疇內的行為，製作團隊便不會再提供提示。比如說，獨語三明治吃到剩一半放在冰箱裡，我把它拿來吃，測試是否不會再獲得提示。可能是因為和我第一天偷吃蛋糕的行為重複，所以沒有獲得提示。即溶咖啡吃夾心餅乾的時候，把餅乾屑掉得到處都是，我從中獲得靈感，也在流理台附近灑出一些果汁，但是弄髒東西的行為好像被歸類為同個範疇，所以無效了。

不過，幸好昨天的敵人就是今天的盟友。在這種時候給了我靈感的人是A同事和B同事。我想起A同事，他在午餐時間故意打開麻婆豆腐蓋飯的蓋子，放到微波爐裡加熱，把醬汁都噴出來了。可是這個好像也被歸類為弄髒東西的行為，所以沒有獲得提示。但是我關緊微波爐的門，加熱外送的清麴醬湯，讓氣味在裡面飄散，因此拿到了提示。

一想到A同事以後看到這個節目，對這個情況作何感受，我就很開心。現在是我來到這裡之後，心情最好的一刻。這天中午，我喝下熱騰騰的清麴醬湯，配了兩碗白飯。我決定再多觀察情況一陣子，不要急著兌換提示，之後再謹慎思考看要把這張珍貴的提示券用在誰身上。

下午的時候，不知道是哪個人嘗試在茶水間做什麼壞事，製作團隊急忙廣播緊急公告：

嚴禁對特定個人或不特定的大多數人做出辱罵或暴力行為。

但有人故意打開冰箱門不關，另一個人更過分，甚至拔掉冰箱插頭。我在冰箱裡放了焦糖花生巧克力冰淇淋，打算完成工作之後享用，結果冰淇淋全都融化，變成一攤白色和焦糖色混在一起的液體。我被他們的惡毒行為氣得咬牙切齒。

演出者的瘋狂行徑在星期四早上來到巔峰。即溶咖啡氣勢洶洶，放開一頭長髮在流理台洗頭。獨語被一團堵住排水孔的頭髮嚇到，拿著不知道從哪找來的清潔刷，氣得直跳腳。

「上帝啊，請賜予我對抗的勇氣……」

他雙眼緊閉，一邊嘀咕，一邊撈起頭髮。

蛋糕敏捷地奪走我煮沸準備要拿來泡茶的開水，全部倒入自己的杯麵中。

「對不起，因為我現在好像是最後一名。」

看樣子，應該是保溫杯慫恿她這麼做的。他親切地替蛋糕拆開免洗筷，還裝可愛握拳，用嘴型小聲說「加油」。

他們兩個共享所有提示嗎？還是保溫杯被哭訴自己是最後一名的蛋糕給騙了？不管是哪一種情況，從保溫杯目前的狀態看起來，他似乎打算相信她說的每句話，彷彿得了一種碰上她就喪失批判性思考的病。

大家以自己的方式進行遊戲的期間，即溶咖啡不小心大聲打嗝。在這種連生理現象都可能成為提示的情況下，受到啟發的保溫杯居然認真思考應不應該放屁，我一看到他露出丹田用力的表情，還來不及多想就阻止了他。

「打嗝或是放屁都屬於骯髒且相當失禮的生理現象，所以是不會獲得認可的。」

好不容易恢復理智的保溫瓶誠摯地向我道謝。

在一刻也不得鬆懈的情況下，我們盡量待在茶水間附近，以免落後他人。畢竟待在房間就代表無論情況變得怎樣都無所謂。這天，我們最後決定在茶水間前面的走廊一起吃午餐。大夥叫了小吃外送，保溫杯和獨語在大冬天裡點了冷麵；即溶咖啡、蛋糕和我則是點了刀削麵，還有大家一起吃的辣醬蔬菜拌煎餃。

我作為代表，負責打電話叫外送的時候，要了兩倍的醃黃蘿蔔，請店家把麵和湯分開包裝。看到送來的食物後，有些人感到有點吃驚。

「你怎麼知道我的喜好的？」保溫杯驚嘆。

我們蹲在茶水間門口拆開外送食物的包裝。蛋糕拆到一半，眼睛骨碌碌地轉，似乎想和某人對到眼，我只當是自己想太多。

「你很喜歡觀察別人吧？」蛋糕說，「應該還不只是普通的喜歡。」

我忙著打開包裝，還來不及回答，蛋糕就拿走自己的碗並這麼說，一邊還露出狡猾的笑容，並偷眼觀察其他人。這種行為讓我想起無法忍受沒人附和自己的那個討人厭同學。

保溫杯和獨語聊著在寒冬中吃的冷麵最對味，並對彼此的看法表示認同，這兩人第一次建立了情感的連結。但是獨語用料理剪刀剪斷冷麵之後，直接拿去茶水間洗，甩乾放到瀝水架上。他完全沒注意到保溫杯伸出去要接過剪刀的手，這讓保溫杯的表情一下子冷峻起來。保溫杯沒有重新去拿回料理剪刀，而是嘴巴往兩側張大，費勁咬斷有嚼勁的麵，那口黃黃的門牙都露出來了。

即溶咖啡打開大家要一起吃的辣醬蔬菜拌煎餃。蛋糕把蔬菜和煎餃拌在一起的時候，即溶咖啡拿了四顆跟餃子皮一樣扁的餃子放到自己碗裡，而且每次用蔬菜包來吃的時候，都會再拿一顆不讓囤積的餃子變少。那副模樣看起來就跟鬧了多年饑荒的野生松鼠拚命儲藏橡子一樣可憐。

用餐結束後，大家都離開了，茶水間裡碰巧只剩下我和蛋糕兩人。和她獨處的狀況讓我有點不自在。我開始慢條斯理沖泡滴漏式咖啡，想藉此等她先行離開。殘留在空氣中的外送食物味道被熱騰騰的濃郁咖啡香氣蓋過去，食物的味道漸漸消散。蛋糕拿著裝了白茶和菊花茶的玻璃瓶煩惱，隨後突然從櫥櫃取出咖啡杯遞向我這邊。

「可不可以也分一杯咖啡給我？」

我感到詫異，咖啡才滴了二十滴左右，她是想要我分哪一點給她？我本來就有點後悔沖泡滴漏式咖啡會用光一百分鐘的限制時間，所以根本不可能連她那杯一起做。

「啊……不好意思，請妳自己另外泡來喝……」我為難地說。

「好有趣喔，冰塊，太有趣了。」

她遮嘴笑。嘴巴一遮，眉毛更顯眼了，但眉毛卻看起來一點也不像在笑的樣子，所以她的臉就好像是戴了鬼怪面具一樣。

我不明白蛋糕說那些話是什麼意思。

「哪裡有趣了？」

「我沒有特別的意思。就只是覺得很有趣啊，現在這個情況，這一切都是。」

我將她所說的「這個情況」理解為她也想和我建立起類似於她和保溫杯之間的關係，只是她不太擅長跟別人變熟罷了。

「要和我交換提示嗎？」

「不要。」

蛋糕斬釘截鐵地拒絕。

我回到房間，將之前靠加熱清麴醬湯勉強獲得的提示兌換券用在蛋糕身上。我打開提示盒，這次是用透明ＯＰＰ袋包裝的普通菠蘿麵包。袋子正面也印了蛋糕的臉。我刮開「因未添加防腐劑，保存期限較短」的部分文字後，出現了真正的提示。

因習慣性說謊，人際關係保存期限較短。

接著播放掃描ＱＲ碼連過去的錄音檔。述說證詞的人聲音非常沉穩，雖然沒有詳細舉例，但匿名證人說了以下這段話，

「她老是講一些讓人摸不著頭腦的話。我常常在想，『爲什麼

她非得說這種話？』我覺得她好像無法忍受自己不是話題的中心人物。偶爾我也會好奇，『她爲什麼要撒這種謊？』」

證人的話深深烙印在我腦海裡。也因此蛋糕是鬼的疑慮在我心中打消了八成。

7

星期四當天下午五點，我又來到茶水間。獨語正在清潔流理台。剛才大家點的小吃附贈的塑膠碗上沾了水，他正在擦乾，堆放得整整齊齊的。我默默一起幫他擦掉碗上面的水分。

「那個我都擦好了。」獨語說。

我尷尬地往後退，試著轉移話題。

「你獲得很多提示了嗎？」

「是說，你不覺得握住冰箱門把的時候，如果那個把手黏黏的，心情會很糟糕嗎？大家都不太擦冰箱門把耶。」

獨語跟我說話的時候，又看了冰箱幾眼。

「話說回來，我們很少在茶水間碰到面。你那邊還順利嗎？」

我努力不懈地延續話題。

「我決定好答案了。」獨語充滿自信地說。

雖然他的回答牛頭不對馬嘴，卻營造出一種莫名舒服的氣氛，讓我感到很神奇。獨語說話的時候，拿著抹布的手仍然沒有停下來。

我正覺得他連角落也仔細擦乾淨的手法相當嫻熟時，即溶咖啡也來到茶水間了。她偷偷用眼神和我打招呼，接著一把抓起五包即溶咖啡隨身包，熟練地拿剪刀一次剪掉邊緣，把咖啡粉倒進大紙杯，接了飲水機的熱水後，她再以手法絢麗的動作快速旋轉湯匙攪拌咖啡。

我瞧了一眼，杯子裡還漂著咖啡粉顆粒沒攪拌均勻，但她咕嚕咕嚕喝下，捏皺還剩一點咖啡的紙杯，丟進垃圾桶。垃圾桶投入口被紙杯流出的殘餘甜咖啡弄髒，但她連正眼也不瞧一眼就轉而打開冰箱門，看裡面有沒有零食。

「黏黏的，就這樣放著不管的話，整個都會變得黏踢踢……連冰箱門把手也是……」

獨語自言自語，用力擦掉沾到垃圾桶的咖啡，連同即溶咖啡摸過的冰箱門把手也仔細擦乾淨後，才邊嘀咕說需要新抹布，邊走到茶水間外面。

「又沒有人叫他做，邀什麼功啊？」

獨語才剛離開，即溶咖啡就抱怨。她從冰箱拿出剛才吃剩的辣醬蔬菜拌煎餃，用夾子夾到盤子上之後，隨便把夾子掛在獨語洗乾淨的塑膠碗上。紅色辣味拌醬從夾子上滴下來，滴滴答答落到地上。接著很大的一聲，搖搖晃晃掛著的夾子掉到地上滾了出去。此時我轉身背對站在微波爐前面的她，走出茶水間，喀噠一聲關掉電燈。

「幹麼啊？還有人在裡面耶。」即溶咖啡尖銳地說。

「啊，抱歉。我在家的時候習慣了隨手關燈。」

我若無其事重新開燈，心滿意足地回到房間。除了重新開燈時看到零點五秒即溶咖啡的慌張表情之外，房間裡還有意外的開心事在等我。我獲得一張提示券了。對於這個結果我頗感訝異，但馬上就明白這是怎麼回事。顯然關掉還有人在的房間電燈，也是能夠獲得提示的行為。

我考慮了十分鐘左右，這次選了獨語。不久後，我從提示盒收到孩子玩的迷你挖土機玩具，在玩具的底部也找到注意事項和QR碼。

使用不當會引起故障。

聽錄音檔之前，我這次也先刮開了注意事項的薄膜。敘述內容改動了幾個字。

言行不當會引起爭執。

看到這句話我最先想到的是，就算跟我說這是關於即溶咖啡的描述，我也相信，還絲毫不會覺得奇怪。錄音檔內容是某個人的證詞，對方說獨語的自言自語常常讓他受傷。這次的證人說了很多。

「那個人有點特別，這是大家都知道的事。他的行爲沒有什麼惡意，他只是專注在自己要做的事情上，不太擅長和人交流，大家也都能理解。這種人到處都有，所以我忍了很多次。可是你知道嗎？正是這樣的人把我變成了壞人，慢慢一點一點地讓我神經緊繃起來。沒有碰過的人，是不會懂的……」

我澡也沒洗，重重一倒躺在床上。誰能保證那些提示真的只能拿來形容某個人？但是答案早就註定好了，我只能盡量從表面上看到的去觀察其他人……這樣可以嗎？還有，獨語這樣下去也沒關係嗎？我開始思考第一天製作團隊給了機會，他卻沒有主動放棄的原因，以及他究竟能從這場遊戲中獲得什麼。想著想著，我開始認真擔心起他來。

喇叭忽然傳來廣播的時候，我剛好正在思考獨語的事，眼睛也不知不覺快要闔上了。

星期四的日程已結束。

目前獲得最多提示的參加者是——「獨語」。

聽到廣播內容後，我立刻從床上跳起來。

8

被廣播內容嚇醒之後，我很難重新入睡。束手無策的我在房間裡繞圈圈，陷入思考。

雖然很遺憾，但根據我到目前為止觀察其他演出者得到的結果，所有人看起來都十分夠格出現在這裡。完美假扮討厭鬼這個角色的人究竟是誰？還有獨語是怎麼獲得最多提示的？我以為他對這場遊戲的態度很敷衍，但顯然實際上並非如此。每次在茶水間遇到獨語的時候，他都簡單辦完事就馬上離開了。難道他也跟其他人一樣，趁只剩自己在茶水間的時候迅速行動，等到有人進來就一溜煙跑掉嗎？

我從一開始就花了不少時間在走廊上觀察大家，這個推論很難說服我。而且我從未看過他慌張失措的樣子，也沒發現他有任何行為可疑的蛛絲馬跡。不過要是他在完全不會碰到其他人的時段，從容不迫地去了茶水間呢？

我重新檢視了一遍遊戲規則，上面並沒有提到只能在上班時間去茶水間，只有說可以在「想去的時候」去。為什麼我會認定我們只能在上班時間內去？仔細一想，這個漏洞未免太顯眼了。我開始好奇其他人是否也看穿了這一點，如果是的話，他們又是什麼時候知道的？

如果我沒算錯，我的一百分鐘茶水間滯留時間還剩十二分鐘。自從我留下即溶咖啡一個人，關了燈就出來之後便覺得很尷尬，所以沒再去過茶水間。或許有什麼東西是只能在深夜或天亮前的凌晨找到，一想到這裡，我的心情瞬間和獲得第一個提示的時候一樣興奮。

我換上盡量不會發出摩擦聲的衣服之後，耳朵貼在房門上確認走廊沒有動靜。接著我稍微打開門，掃視走廊。走廊非常暗，其他演出者可能都在各自辦公室裡面的那個房間，幾乎沒有燈光從與走廊相連的門透出來。

我先往外伸出右腳尖，放低上半身，躡手躡腳慢慢走向茶水間。我忽然想起小時候玩過的恐怖遊戲。那個可怕的遊戲設定是，主角在白色情人節的前一晚去學校，避開警衛的耳目放糖果。這種時候想到那個遊戲真是糟透了。感覺遊戲中的警衛幻影就在我背後。心臟怦怦狂跳，幾乎是用跑的經過走廊，來到茶水間。茶水間的燈關著，我怕光線會透到走廊，所以沒有特別開燈。心跳好像漏跳了半拍，半夜一個人跑來白天的公共區域，不是什麼愉快的經驗。

冰箱嗡嗡運轉的聲音聽起來大得不可思議。夜晚不僅奪走了白天的光線，好像連世界上的其他聲音也奪走了。我等待眼睛適應黑暗，摸著流理台的桌面往裡頭走。手指碰到的下櫃門板微微敞開，隱約可以從門縫看到櫃子裡面空蕩蕩的，充滿了比漆黑更為深邃的陰暗。我忽然感到害怕，迅速把門板關上。我摸索冰箱門把手，想打開冰箱透出一點光來。

就在這個時候，走廊那一頭傳來兩道門幾乎同時打開的微弱聲響。兩種不一樣的腳步聲正往茶水間過來。

我急忙打開最大的下櫃櫃門，彎腰躲到裡面。我用腳隨便把腳尖附近的雜物踢到角落，整雙腿縮起來，有驚無險地弄出一個可以坐下的空間。我苦思要不要整個坐下，衷心祈禱製作團隊搭這個攝影棚的時候，有考慮到這種情況而把布景搭蓋得很牢固。我把下櫃的門往裡面拉，好不容易關上，就馬上傳來某人走進來的聲音和放低音量的竊竊私語聲。

「知道我有多心急想追問剛才的事嗎？」

「哎唷，真的沒什麼啦。幹麼那麼好奇啊？」

「就是我……除了我，還有誰對妳……妳明明知道我在說什麼。為什麼總是裝糊塗？」

說話者是保溫杯和蛋糕。追問蛋糕的保溫杯雖然語氣溫和，但好像又有點生氣。

「他接近我，想給我提示，我只是拒絕他而已。你也知道，男人討好女人的手法很老套啊。那招當然對我沒用。」

蛋糕若無其事地說，語氣聽起來明顯是在說其他男人也對自己有意思。等一下，說到其他男人的話，就只有我和獨語。但我覺得獨語不太可能對她那樣。

「我就知道是這樣！冰塊盯著妳看的眼神很陰險，我已經看到過好幾次了。」

不幸的是，保溫杯對我的看法也如出一轍。

「所以說，妳為什麼拒絕了呢？」

「因為我覺得這世界上沒有無償的好意。」

「那當然。」

保溫杯十分滿意。

「雖然我不屬於這個情況。」

背對流理台站著的保溫杯很激動，屁股老是撞到下櫃的門，讓我更加不敢大聲呼吸了。我把整雙腿縮起來碰到胸口，膝蓋甚至可以感覺到心臟撲通撲通跳。我怎麼沒發現他們一直以來都在深夜幽會？仔細想想，他們兩個不是才認識第二天就過從甚密？彷彿度過了大把的兩人時光一樣。話說回來，他們會在這裡待多久啊？我今天剩下的滯留時間頂多十分鐘而已。

我從下櫃的門縫看得到兩人的腳。他們兩個的腳像四腳獸一樣牢牢貼在一起。上半身的舉動有多親密，我根本不願意多想。

這時，保溫杯語氣嚴肅地說。

「所以……妳猜是誰呢？」

我側耳傾聽出乎意料的重要對話內容。

「是妳之前提到的那個人嗎？」

「那個男的不是鬼。但是他真的讓人很不舒服。」

「那倒是。那種樣子應該演不出來。他大概這輩子都不會知道自己奇怪。」

我覺得他們這麼說獨語很過分。

「沒錯，冰塊不會知道的。」

蛋糕的回答令我的所有思考迴路停了下來。我維持僵硬的姿勢，透過門縫看到保溫杯的腳動了。他朝熱水壺那邊過去，走到一半停下來回頭。

「那如果不是冰塊的話，我們的答案就很確定了。要是妳很確定了，我也沒意見。好了，我們不要聊別人了。回去睡覺之前，要不要喝杯茶？」

「好啊，謝謝。」蛋糕嬌滴滴地回答。

我粗估現在滯留時間只剩三分鐘左右了，如果製作團隊突然出現把我拉出來，不知道會鬧出什麼笑話。我趕緊打起精神，開始認真思考等等被拉出來的時候，是要露出嚴肅不爽的表情，還是要露出尷尬的笑容，搔搔後腦杓。而且我的腿一直彎著很不舒服，腳尖也開始發麻，我用口水抹一下鼻子轉移注意力，緩解一下腳麻。我非常希望那兩個人別再卿卿我我，快點回房間……

「今天是最後一次像這樣在半夜見面了。」

「看來要到外面才能繼續聊沒能在這裡說完的話。糟糕，我該出去了，我的時間快用完了。那我們要選同樣的答案，對吧？」

「對，希望除了我們兩個，沒有來瓜分獎金的妨礙者。」

杯子放在流理台上的悶聲傳來，緊接著是拉門被打開又嘩啦啦關上的聲音。確定完全沒有動靜之後，我才拚命揉發麻的腿，爬出來。腳踏到地上的那瞬間我失去重心，身體壓到門板，傳來門鉸鍊掉落的聲響。我把斜斜垂掛的右邊門板裝回去，盡量不要被看出來，接著躡手躡腳回到房間。

我一回到房間，就看到桌上放著兩張提示兌換券。我現在腦袋一片混亂，剛才聽到的那些關於我的話，還有突然獲得提示，這一切到底是怎麼回事，我需要整理一下思緒。

看來我是第一個躲在櫃子裡偷聽別人說話的人，也是第一個弄壞儲藏櫃門板的人。也不知道問題究竟是破壞公物本身，還是弄壞門板又不負責任地草草裝回去不讓人發現，但這兩張兌換券對我來說意義重大。

他們兩個說的話我記得一清二楚，他們說我讓人感到不舒服，而且一輩子都不會知道自己很奇怪。我打開兩張兌換券，把冰塊圖案圈起來後，放到門外的木箱裡。

不久後，從木箱取出來的東西比我之前用提示換到的東西都還要更重、更大。那個東西後面有一個圓形鏡子，我回到房間才看清楚那是什麼。是一個被拔下來的汽車後視鏡。鏡子映照出我的臉，下方有一句熟悉的句子。

東西遠在天邊，近在眼前。

我好不容易把緊貼在文字之間的薄膜撕下來，於是句子變了。

對方遠在天邊，近在眼前，

正觀察著你。

後視鏡映射出我的臉，我看起來焦躁不安。而且外面太安靜了，感覺鏡子隨時會出現其他人的倒影，我不禁毛骨悚然，手臂都起雞皮疙瘩了。握著手機的手在微微顫抖，我趕緊掃了QR碼。

我深呼吸一口氣後，按下錄音檔的播放鍵。經過變聲處理的聲音主人一開口，就讓我大吃一驚。我一直覺得所有錄音檔的聲音都經過了完美的變聲處理，但自己認識的人的聲紋確實呈現出獨一無二的個人特徵，所以就算是經過變聲處理，我依然清楚知道說話者是誰。

「在這裡我們就暫且稱他爲『冰塊』吧。聽說您和冰塊之間發生過有點毛骨悚然的事件。可以麻煩您說得仔細一點嗎？」

製作團隊先問。

「我很喜歡喝可樂，在公司的時候也只喝可樂。開始新的一天之前，我會去茶水間在可樂裡裝滿大冰塊再拿回位置上喝，但是冰塊放久了不是會融化嗎？我只不過是在位置上像自言自語一樣說了一次很討厭味道變淡。可是那個人，就是『冰塊』，從隔天開始便在茶水間的冷凍庫做好可樂冰塊，並且每天早上都會拿給我，還說放那種冰塊的話，味道比較不會變淡。我們又不是什麼很特別的關係，這樣好像會被別人誤會，所以我不是很喜歡。可是，他還是天天反覆那麼做。有一天，我比平常晚下班，『冰塊』一個人在茶水間弄東弄西，我就偷偷看了一眼，原來他正在把可樂倒進製冰盒。我就只喝某個特別牌子的可樂，沒想到他居然直接買了那個牌子的可樂來製冰。我之前把可樂倒進杯子後，都是直接把罐子丟進垃圾桶，就算可樂有剩，我也不會放進冰箱。反正從那個時候開始，我就覺得很毛。因爲那傢伙竟然連垃圾桶都去翻，還自掏腰包天天製作要放到我的飲料裡面的冰塊。在我們現在這個社會，這種舉動可不是什麼令人開心的事啊。」

證人嘆口氣。

「不僅如此，我的另一個同事愛喝煉乳拿鐵，就是加了煉乳的咖啡。因爲那個對治便祕很有效，所以大家很常喝。結果他又買了一個製冰盒，開始製作煉乳拿鐵冰塊。其他同事這才理解我說的，那傢伙眞的讓人很不舒服。」

我很訝異他們這樣解讀我表示親切的舉動。大家都討厭加了冰塊的飲料喝到一半味道變淡。而我只是按照小時候從我哥那裡學到的，在愛喝的飲料中加入特定飲料製作的冰塊。又因為其他人不像我這麼幸運有我哥，所以我才替他們製作冰塊。我是翻過垃圾桶沒錯，當然也可以直接問對方，但我覺得默默暗中照顧他人更了不起啊。

可樂冰塊製作起來很簡單，但是要製作煉乳拿鐵冰塊，需要先冰好一半的咖啡冰塊再加入煉乳去結凍才會更好喝。製作那種冰塊很費時，我甚至不辭辛勞地這麼做。站在我的立場來說，這代表了不求回報的極大善意。

來到這裡之後，我在走廊徘徊仔細觀察其他演出者的外送食物袋子也是出於同樣的原因。我記下每個人的外送要求，好在以後照顧大家！實際上不也多虧了我的完美點餐嗎？況且大家一起吃小吃的時候，不是吃得很滿意嗎？過去幾天以來，我翻了又翻那些骯髒的碗筷，就是為了知道大家都點什麼食物來吃、有什麼外送要求，或是吃剩多少。我現在有種所有辛苦都白費的感覺。

忽然想到，我用使用過的筷子翻蛋糕放在房門口的炸醬麵碗，並記下她「討厭豌豆」的時候，碰巧遇到了從房間出來的她。她還微笑著對我說「辛苦了」。（這麼說起來，當時她的眉毛看起來好像也不帶笑意。）

現在已經過了半夜十二點了。路燈全部關掉的外面陷入一片漆黑。我的臉映照在幽暗的窗戶上，表情沒有任何的變化。我真的沒事嗎？還是因為剛才在茶水間聽到保溫杯和蛋糕的對話，已經大受打擊，所以我才能這麼快恢復平常心？雖然心裡時不時浮現某人說的「異類不會知道自己很奇怪」，但我努力專注在其他事情上，壓抑那些不必要的想法。

話說回來，蛋糕為什麼要說那種只要看節目就會被揭穿的謊話？我只問過她一次要不要交換提示，她卻說得好像我被她迷住，單方面想提供提示給她。這一點讓我很在意。如果她這麼說單純只是想讓保溫杯吃醋，那她不一定要找這裡的演出者引起保溫杯的嫉妒啊。重點是，這種行為對節目播出後的形象或遊戲結果根本沒有任何的幫助。真正令人不舒服的，不是我這樣的人，而是撒謊說出損人不利己的話語的人，不是嗎？

9

結果我睡不著，整夜都醒著。我想和獨語聊聊。雖然我也覺得自己很可笑，竟然沒把他當成鬼，而是視他為同類，跟他有一點點的共鳴。總之，此時此刻我迫切需要跟他聊聊。我現在很確定了，之前幾乎沒有碰到獨語，是因為他早就發現不是非得在工作時間才能去茶水間。獨語應該會在一大早去茶水間，雖然這只是我的猜測，但我決定早上六點就去茶水間等他。

天還沒亮，一個人也沒有的茶水間跟平日早上的樣子截然不同。過去幾天早上來到茶水間的話，垃圾桶或公共用品都整理得很乾淨，但昨晚保溫杯和蛋糕放著沒洗的杯子還在。濕濕的南非國寶茶茶包流出來的水把流理台搞得都是污漬。我躲起來的下櫃表面看起來完好無缺，但稍微敲一下門板，鉸鏈果然還是掉下來了。下櫃裡面的各種清潔用品被我的腳踢翻，胡亂倒成一堆。我彎腰豎直防霉劑和漂白水罐子的時候，感覺到背後有人走進了茶水間。早上六點五十分，獨語一臉神清氣爽。

「獨語，那個我……」

我不知道應該從何說起。

「我有話想跟你說，所以在等你。想說早上過來的話，也許可以見到你。」

我太心急了，脫口而出。我使勁撐開一晚沒睡而變得沉重的眼皮，盡量若無其事地說。

「你看過關於自己的提示了？」

獨語的回答出乎我的意料之外，我驚訝地盯著他看。

「雖然很遺憾，但我現在有事要做。」

他踮起腳尖，拿鑰匙打開流理台上櫃門板的鎖頭。我這個時候才知道上櫃掛了一個小鎖頭。仔細一看，那是用來鎖住提示箱的鎖頭組。

「你怎麼把它用在這裡？」

我指著鎖頭問。

「因為房間裡的抽屜不夠用。」

獨語從上櫃拿出橡膠手套和清潔刷，又另外從下櫃拿出清潔用品，開始認真打掃茶水間。他把綠色圍裙綁在在腰上，戴上亮粉紅色橡膠手套，擠乾茶包的水分，又洗了杯子。接著有條不紊地倒垃圾桶，把回收物品放到外面。我嚇了一跳。之前我一直以為是製作團隊在每天晚上拍攝行程結束後所做的那些事情，原來全都是獨語做的。

「我也來幫忙。」

獨語手指指向放備用橡膠手套的地方，沒有回話。

「真沒想到竟會在拍攝期間知道這些，實在感覺很糟。不過，平常也沒什麼機會聽到別人對自己的看法。」

流理台桌面擦到一半，獨語突然開口說。

「我真的完全不知道。你來這裡之前就知道了嗎？」

我盡可能注意小心措詞，以免傷了他的自尊心。

「就是……自己在別人心目中的樣子。」

「這個嘛，我最近才知道，有些人自然而然就能清楚了解到什麼行為會被討厭、什麼行為不會。」

獨語說得很含糊。

他擠乾濕掉的抹布，甩了甩，挺直腰桿。臉上從內而外散發出真真切切的成就感。

「做這些事，是你試著跟大家和睦相處的方法嗎……算是一種努力嗎？」

我鼓起勇氣問。

「就憑做這些事嗎？」

他吃驚地反問。

「如果先前被扣太多分，那就算後來有加分，也跟沒有一樣。」

我不太記得後來還跟他聊了什麼。因為從那一刻起，我的大腦思考迴路又開始不受控地高速運轉起來。我只是隱約記得，跟他聊天的時候，「這人是為了節目而虛構的角色，肯定就是這樣」這句話像指令一樣，不斷強烈地輸入我的腦海裡。我任由眼前的獨語說話，開始想像他以太過平凡到反而顯得有點做作的方式來和其他人交流的樣子。我最後從腦海中刪去我和他的對話，得到他就是鬼的結論之後，才重新找回內心的平靜。

原本希望獨語比我奇怪的想法占據了我內心的一大半，但現在我的想法有所改變，我希望他是完好的正常人。因此，我希望是這裡的所有人瞎了眼，過去那些把我當成異類的人才是真正的怪人，而我是正常的。那一天的我想法反反覆覆，游移不安，就好似黑白棋遊戲中的棋子隨局勢而顏色翻來轉去一般。

不知不覺打掃完的獨語把手伸進冰箱和牆壁之間，拿出某個東西。那是第一天用磁鐵吸在冰箱門上的清潔紀錄表。自從保溫杯拿起來仔細翻看紙中是否藏了提示後，我就沒再看過那張紀錄表。原來獨語將它貼到冰箱的側面了。

獨語從圍裙口袋拿出粗原子筆，接連在清潔紀錄表上畫東西。我偷瞄一眼，一股不舒服的感覺立刻襲捲我。為什麼通通都是打叉？

獨語毫不留情地在自己以外的所有人姓名旁邊打了叉，只在自己那一格畫了大大的圓圈。（他在其他人的格子上打叉的時候，原子筆發出的聲音聽起來輕快了一點，這應該是我多心了吧。）「通常不是會邀其他人一起打掃，或是只在自己的格子畫圈嗎？」這句話到了我嘴邊又吞回去，我也知道提這個根本沒有任何意義。

忙著做紀錄的獨語停了下來，似乎察覺到我有話想說。

「啊，差點畫錯！」

接著他將今天我名字旁邊的幾個打掃項目從叉叉改成圓圈，並對我笑了一下。我現在好像知道他是在什麼微妙的情況下和其他人漸漸疏遠了。而且我的直覺告訴我，這不可能是演出來的。

但是，當要指出鬼是誰的星期五傍晚到來時，我經過深思熟慮後，還是選擇了獨語當作答案，同時在內心祈禱至少有一個人指名我是鬼，迫切地希望那個人沒有把我當成異類。

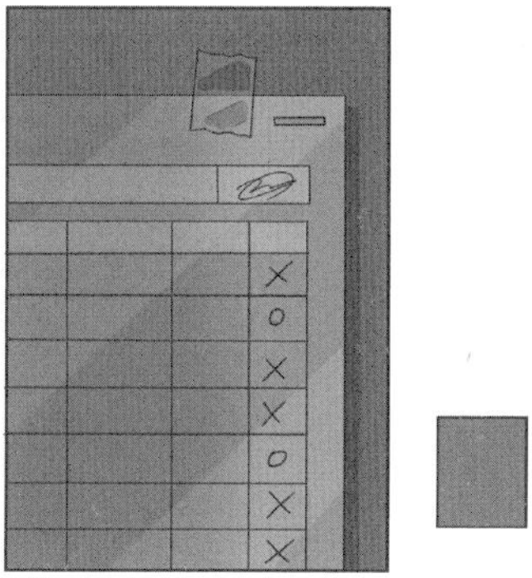

10

結局很空虛，蛋糕是鬼。而且有兩個人答對，一個是保溫杯，另一個是即溶咖啡。雖然我有點疑惑為什麼保溫杯和蛋糕沒有交出同樣的答案，但對我來說，拍攝已經結束，答案也不重要了。

結束拍攝兩個月後，真人實境秀《茶水間》開始於每週五晚上十點播出。雖然看到節目上的自己讓我感到尷尬難受，但撇除這一點的話，我還看得滿開心的。從觀察者的角度重新檢視在我看不到的地方所發生的種種事情，是一種很奇怪的體驗。當局者迷，身在其中更難看清局面，但我做夢也沒想到節目會被剪輯成這樣播出來。

有幾個特別有趣的看點。首先是即溶咖啡的父母露面接受採訪。他們說在女兒的成長過程中，他們無微不至照顧她，毫無保留地給予精神和物質上的支持。用他們的話來說，他們從女兒國小時就發現「女兒有輕微的收集癖症狀」，但是在他們的記憶裡，女兒不曾經歷過與之相關的任何創傷。

即溶咖啡有輕微收集癖的佐證影片，以及周遭人對她的症狀的猜測等等，各方意見經過精心交叉剪接，接在採訪後面播了出來。在周遭人的嚴肅表情和滿天飛的專業詞彙之中，剪進了她開朗地泡咖啡來喝或吃披薩的臉，營造出一種滑稽的氣氛。

另一方面，保溫杯在遊戲一開始就對鏡頭低聲說，蛋糕的面相一看就像是會撒謊，她長了一張騙子的臉。（這一幕被用在第二集的預告影片中。）他接二連三說出某些自稱環保人士的人臉特徵，那些人拿環保事業當藉口，漫天撒謊找人投資。他滔滔不絕對著單人房的鏡頭說明為什麼蛋糕一定是鬼，但是製作團隊放上了保溫杯的照片，一個個點出他也有的特徵。製作團隊的這番剪輯令我笑了出來。

總之，保溫杯早就決定好答案是蛋糕了，但是在跟蛋糕交談的時候，他說打算指名即溶咖啡為鬼，表現出徹頭徹尾的虛偽模樣。他打從一開始就對蛋糕沒有任何私情，不幸中的萬幸是，蛋糕也一樣。

看了節目我才知道，獨語獲得的大部分提示，是靠著他把茶水間公用櫃當個人置物櫃放入清潔用具、打掃時丟掉其他人打算之後再吃的食物這類的行為。

他的清潔紀錄表在網路上引起爭論。因為他靠著在紀錄表上其他人的姓名旁打叉代表沒有打掃，而獲得一張提示兌換券。但是，這麼做是否妥當，大家議論紛紛。

有人說，「打掃過的話，在自己名字旁邊畫圈就夠了。這是我們社會默契上的共識，以免彼此感到難堪。」反之，也有人認為，「那不過是一張區分誰有打掃、誰沒有的表格而已。沒理由對他的檢查方式找碴。如果因為自己名字旁邊被打了叉，就覺得別人是在公然指責自己沒打掃，有這種想法的人才根本應該去參加這個節目的第二季。」

除此之外，製作團隊透過巧妙的交叉剪接方式，把每個人說出答案的畫面和拍攝期間的行為剪接在一起，或是透過回顧的方式來增添觀看的樂趣。

畫面上完全看不出來我在拍攝期間感受到的心煩意亂。雖然偶爾我的臉被攝影機拍到的時候，當下感受到的情緒清晰可見，但是這並不在剪接師的關心範圍內。因為最終呈現給觀眾的畫面裡，我的表情不過是背景的一隅，無足輕重。

我一方面很感謝內心的沉重沒有顯露出來，另一方面也開始思考，我過去看了那麼多節目，究竟是看到了自己決定要看的東西，還是接收了別人刻意要讓我看到的東西？

再分享一個我個人的後續故事吧。真人實境秀《茶水間》創下高收視率，成為了熱門話題。公司同事主動跟我攀談，說節目很好看，並向我道歉。簡而言之，他們說之前誤會我了。我本來想回他們，那種事不叫誤會，最後還是算了。不過，我開了一個自己很滿意的玩笑，只是他們笑不出來。我說多虧A同事和B同事的行為給了我靈感，我才有辦法獲得提示。不過，我不知道是當時的心情比較悲慘，還是看到最後一集獨語在答案紙上寫下他自己的名字，並安慰自己「就這樣沒關係」的畫面更悲慘。

節目播出後過了幾個月，坊間流傳製作團隊已經招募好第二季的參加者了。與此同時，《茶水間》進軍手遊產業，即將推出。社群平台隨處可見招募遊戲測試玩家的廣告文。

掀翻茶水間，找出誰是鬼
完成只在夜間開放的隱藏任務！
~Beta 測試玩家招募中~
各位玩家會在茶水間遇到怎樣的怪咖？

我們將從留言者中抽籤
贈送相當於三萬韓元的成長道具大禮包！

我看到這則貼文的時候，留言已經破五千則了。大家紛紛在留言中分享自己不想在茶水間遇到的討厭鬼。像是把知名甜甜圈冰在冷凍庫不吃折磨其他人的人、三明治壞掉也不丟掉的人、帶自己的榨汁機到公司，每天早上榨ＡＢＣ果汁來喝的人（以前帶了大型榨汁機，現在算是稍稍收斂了）、老是買小眾零食來放的茶水間備品管理員、只要製冰機有冰塊就全部拿走的人等等，一整排留言怎麼滑也滑不完。

愈下面的留言，氣氛愈不尋常。從「人性泯滅」、「現在的人都不正常」到關於厭世的長文探討都有。其中也有完全跑題的偏激留言。

「看來你們留言之前都反省過自己的行為？」很多人給這則留言按了讚，但是很快就被淹沒在新增的留言中。我把排序從最新留言改成最多人按讚，於是按讚數超過兩千的留言出現在最上面。

雖然這件事沒什麼關聯，

但你們還記得第一季出現的蛋糕嗎？就是當鬼的那個人。

那個人以前是我們公司的，

雖然她不會在冰箱放蛋糕，

但她常常帶蛋糕來公司。

而且每次都會不經意地炫耀那是別人送的。

但是我偶然在離公司有一段距離的麵包店
看過她親自買蛋糕的樣子。
從那個時候起，我就和她保持距離。
後來沒過多久就聽到她換工作的消息，
看來她在新公司過得很不錯？
不知道製作團隊邀請她之前對她有多少了解，
但那種人在節目裡當鬼，讓我起了雞皮疙瘩。

這讓我想起拍攝結束後就再也沒見過的製作人李日權。我掙扎了一下，並不想將這股不安的情緒和他的輪廓劃上等號，但我總覺得以拍攝令人不舒服的東西為志業的他，會躲在螢幕後看著那些貼文，繼續他的拍攝。這樣的念頭在我腦海揮之不去。他的紀錄片彷彿尚未結束，比他的出道作品拍攝範圍更寬廣、拍攝時間更長、也更加令人不舒服。

令人討厭的人，數量大概相當於這世界上的總人口，想來他是用不著擔心素材會枯竭了。

作者的話

有時候，我會直接說出「我就是喜歡」或「我就是討厭」這樣的字眼。這並不是因為我懶得解釋，而是喜好分明的時候才會這樣表達。

「就是喜歡」某個對象的我們十分可愛，但說出「就是討厭」這種話的我們卻莫名令人不寒而慄。情緒跟食物的消化很像。「喜歡」的情緒會漸漸被全身吸收，我們會希望它長久留在體內。反之，「厭惡」的情緒需要犧牲內心的某部分，並不容易消化。或許正是因為這樣，我們才會像吐出來般宣洩情緒。

這個故事是我個人對「厭惡」情緒的宣洩。

茶水間雖然是日常休息空間，卻不是想待多久就可以待多久的地方。雖然這裡有我需要的東西，卻不完全屬於我。雖然是允許我自由進出的空間，卻不單單只對我開放。因此，茶水間就像與他人共存的世界縮影。

不過是在茶水間簡單寒暄，擦肩而過的人，很難說是「熟識」的關係。像「面熟」這種對關係的模糊定義，正好適合用於此。《茶水間》這故事講述的是連在這種模糊關係之中也遭到厭惡的人。正如我們對待「面熟」的人那般，書中所有登場人物都從未被他人完全理解，但也沒有努力試著去理解他人。

無論是被喜歡或討厭，如果可以知道原因就好了，但是故事中的主角莫名其妙遭人貼上討人厭的標籤，反覆思考著：「別人為什麼討厭我？」還有什麼比這更地獄的情況嗎？當我們問「你為什麼喜歡我？」的時候，無論對方的回答是什麼，我們往往都已經做好聆聽的準備，甚至心癢難耐、迫不及待，甚或是隱約猜得到答案，但如果情況完全相反的話，就不難想像會有多悲慘。

書中登場人物以不同的方式面對他人的厭惡。有的人接受自己就是那樣的人，有的人根本不知道自己為什麼被討厭，或者即使是知道了，也不在意。又有些人不想被人討厭，自己卻不斷尋找目標，討厭這個人、那個人。

我們或多或少都有一點這些角色的影子。不是有人說，我們能掌握的就只有面對人生的態度？那麼至少試一次，想像那些被討厭的人有什麼感受？而我不過是透過想像被我討厭的人會有怎樣的感受，以此來面對自己的厭惡罷了。這麼做之後，如嘔吐般宣洩出來的「厭惡」情緒雖然依舊令人感到不快，但至少被消化了一些。這就是我想傳遞的訊息。

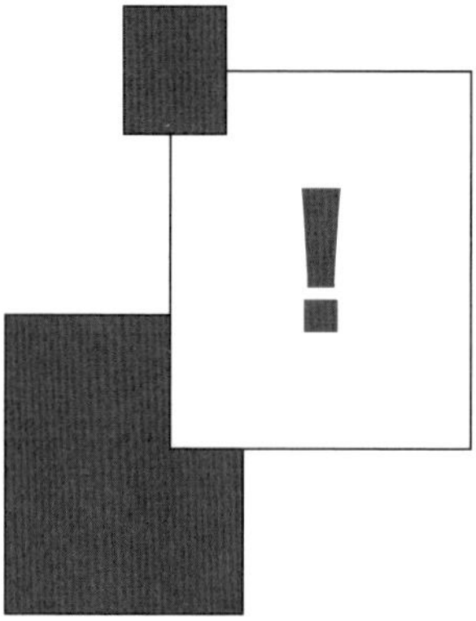

Eurasian Publishing Group
圓神出版事業機構
用心與你對話．視野無限寬廣
寂寞出版社
Solo Press
www.booklife.com.tw
reader@mail.eurasian.com.tw

Soul 059

茶水間【《歡迎光臨夢境百貨》李美芮全新小說】

作　　者／李美芮 이미예
譯　　者／林芳如
發 行 人／簡志忠
出 版 者／寂寞出版股份有限公司
地　　址／臺北市南京東路四段50號6樓之1
電　　話／(02) 2579-6600．2579-8800．2570-3939
傳　　真／(02) 2579-0338．2577-3220．2570-3636
副 社 長／陳秋月
副 總 編／李宛蓁
責任編輯／朱玉立
校　　對／李宛蓁．朱玉立
美術編輯／林雅錚
行銷企畫／陳禹伶．鄭曉薇
印務統籌／劉鳳剛．高榮祥
監　　印／高榮祥
排　　版／陳采淇
經 銷 商／叩應股份有限公司
郵撥帳號／ 18707239
法律顧問／圓神出版事業機構法律顧問　蕭雄淋律師
印　　刷／祥峯印刷廠
2025年4月1日　初版

定價 330 元　　ISBN 978-626-99436-2-3

在過去艱辛困苦的事情背後，也包含著自己克服難關的姿態。

——《歡迎光臨夢境百貨》

國家圖書館出版品預行編目資料

茶水間 / 李美芮　著；林芳如　譯.
-- 初版. -- 臺北市：寂寞出版社股份有限公司，2025.04
192 面；14.8×20.8 公分. --（Soul；59）
譯自：탕비실
ISBN 978-626-99436-2-3（平裝）

862.57　　114001832